KB074713

로망으로
남기지 마,
수영!

일러두기

- 이현진 작가 특유의 글맛을 살리기 위해 한글 맞춤법을 따르지 않은 단어와 문장이 있습니다.
- 작가의 유년기에 나오는 수영장 및 경기 명칭은 사실과 조금 다를 수 있습니다.

로망으로 남기지 마, 수영!

이현진 지음

지식인하우스

준비 운동

로망으로 남기지 마, 수영!

"현진 씨가 가장 사랑하는 건 뭔가요?"
누군가 이런 질문을 던진다면, 지금만큼은 '수영'이라고 답하고 싶어요. 언젠가 이런 말을 들은 적이 있어요. "수영 국가 대표도 아니면서 무슨 수영을 말해?" 처음 들었을 땐 꽤 아픈 말이었어요. 하지만 안 좋은 기억들을 오래 담아 두는 성격은 아니라서, 곧 훌훌 털어 냈습니다. 그리고 다짐했죠. 국가 대표는 못 되었어도, 수영 유튜버 국가 대표는 되겠다고.

음 … 지금은 나아졌지만, 고백을 하나 하자면… 예전부터 물 공포증이 있었습니다. 물밍아웃? 맞아요. 물에 대한 공포가 언제부터 시작되었는지는 정확하지 않아요. 다만 제아무리 까치발을 해도 꼬마의 키로는 바닥에 닿을 수 없었던, 수영장의 깊이에 지레 겁을 먹었던 기억은 선명합니다.

사실 책 제안을 받았을 때, 이런 이야기를 쓰면 좋겠다고 생각했어요. 저는 수영에 있어 타고난 천재는 아니죠. 어떻게 보면 지극히 평범한 사람입니다. 그래서 더더욱 이 책을 통해 말해주고 싶었어요. 물이 두려웠어도, 수영 선수로 성공하지는 못했어도 행복하게 살아갈 수 있다고. 무엇보다, 물이 무서워도 포기하지 않았기에 수영 안에서 성장할 수 있었다고.

지금 이 글들이 저에게 더 특별한 건, 스스로를 사랑할 수 없었던 그 시절의 제가 수영을 만나고 성장하기까지 있었던 내면의 아우성을 담은 글들이기 때문입니다. 그러니 부디 이 책을 읽는 사람들에게 제 글이 모든 두려움에서 벗어나 희망으로 호흡하고, 삶의 이유들로 나아가는 동기를 주었으면 좋겠습니다. 그리고 저 스스로에게도 다시 한번 힘주어 말하고 싶습니다.

물 밖의 나도, 물속의 나도 사랑한다고.
그리고 여러분! 우리 이제 신나게 FUN 수영할까요?

러블리 스위머
이현진

차례

Lesson 1

호흡하다

때로는 두렵지만 가끔은 자유를 주는 공간,
물 그리고 나

물, 가장 나답게
만드는 공간이지만

수영을 할 때 가끔 묘한 기분이 든다. 폭신하고 말랑한 젤리를 이리저리 밀고 앞으로 나아가는 기분이 느껴져서다. 세상에나, 젤리라니! 생각해 보면 물이 젤리처럼 느껴지는 건 물을 좋아하는 마음일 때 나오는 느낌이기도 하다. 물론 나라고 처음부터 물과 친했던 건 아니다. 이렇게 되기까지 참 오랜 시간이 필요했다. 조금 더 깊숙이 들여다보면 '물'이라는 존재에 대해 두려움을 느꼈던 기억이 남아있기도 하다. 처음부터 물에 대한 두려움을 이야기하자니 무겁게 느껴지지 않을까 걱정이 되기도 하지만, 나를 제대로 말하려면 가장 첫 기억부터 뜯어봐야 할 것 같다.

언제부턴가 노력의 결과가 나타나듯, 스스로 말하지 않아도 이름 앞뒤에 한 쌍처럼 '수영'이 따라 붙기 시작했다. '수영 코치 이현진', '수영 유튜버 이현진', 단순하게는 '이현진 수영'과 같은 식이다. 수영 유튜브로 PR을 열심히 했기 때문일까. 왠지 나를 보는 사람들에게서 처음부터 돌고래처럼 거침없이 수영을 했을 것이라는 기대 아닌 기대가 느껴질 때가 있다. 그래서인지 꽤 자주 "처음부터 수영을 그렇게 잘했어요?" 라는 질문을 받는다. 수영으로 알려지긴 했지만 첫 수영의 기억은 그리 유쾌하지 않다. 아홉 살 꼬마가 아빠의 목에 매달려 처음 들어간 수영장은, 놀이의 개념이 아니라 죽고 사는 생존의 문제라도 되듯 위협적으로 다가왔던 것 같다. 그리고 그 기억들은 마음속 깊이 숨어들어, 순간순간 곤혹스럽게 했다.

늦둥이 막내를 수영장으로 이끈 건 엄마였다. 나는 수영의 시작을 '사랑의 살' 때문이라고 말하고 싶다. 엄마 아빠의 사랑을 듬뿍 받으며 뒤룩뒤룩 살이 찌기 시작했고, 그것을 보고만 있을 수 없던 엄마가 막내딸을 데리고 수영장으로 향한 것이다. 수많은 운동 중 수영을 택하게 된 건 엄마의 역할이 컸는데, 생각해 보면 엄마도 그렇게 큰 의미는 없던 것 같다. 수영 이전에는 스케이트를 했다. 종목의 특성상 자꾸 넘어지다 보니, 원래도 멍이 잘 드는 몸에 더 자주 멍이 들기도 하고 다치기도 많이 다쳤다. 안 다치며 할 수 있는 운동을 찾다 보니 그것이 수영이었을 뿐이다. 여럿이 함께하는 수영을 하다 보면 집단 속에서 사회생활을 배울 수도 있을 것 같다는 엄마의 냉철한 판단 하에 결국 길고 긴 수영 인생이 시작되었다.

자의로 택한 길이 아니었기 때문인지 첫 수영도 꽤 고달팠다. 아니, 고달팠던 것 같다. 문제는 그날의 이야기를 하고 싶

어도 기억이 잘 안 난다는 것이다. 원래 아홉 살 정도의 경험은 기억이 나야 하는 것 아닌가? 부모님의 손을 잡고 수영장에 도착한 기억은 있는데, 물에 들어가던 순간부터 다시 나올 때까지의 기억이 통째로 사라졌다. 그냥 많이 무서웠다는 것, 그 순간이 너무 싫었다는 정도의 두루뭉술한 감각만 남아 있다.

엄마의 기억을 빌리자면, "어찌나 물을 무서워하는지, 물속에서 아빠 뒷목을 붙잡고 놓질 않더라."였다고 한다. 그때 처음 수영을 배웠던 수영장은 끝으로 가면 갈수록 점점 수심이 깊어지는 곳이었다. 아빠는 그곳에서 겁에 질린 딸을 안고 직접 수영장 레인 끝까지 갔다가 돌아왔다고 한다. 엄마는 막내딸이 아빠의 뒷목을 놓칠 새라 꼭 붙든 처절한 모습을 보며 오히려 '저렇게 무서워하는 걸 보니까 얼른 배우게 해야겠다.' 라고 생각하셨단다. 자세히 떠오르진 않지만 그 이야기를 듣고 보니 왠지 그랬던 것 같기도 하다. 대여섯 살도 아니고 아홉 살이나 되었을 때인데 이만큼 기억을 못하는 건 그때의 기억이 싫었기 때문인 것 같기도 하다. 사람은 안 좋은 기억을 잊고자 한다고들 하니까. 그게 아니면 설명이 되지 않는다. 아니면 내 기억력이 별로라는 건데… 그것만큼은 인정하고 싶지 않다.

물 공포증을 알아챈 이후, 자기 위안이라도 하려는 것처럼

한때 가장 두려웠던 '물'이라는 공간 안에서
나는 지금도 가장 나답게 성장 중이다.

나와 비슷한 친구를 찾으려 한 적도 있다. 한번은 직접 친구들에게 "물이 무섭지 않아?"라고 물어보기도 했는데, 시합이 주는 공포감 때문에 두려워하거나 부담스러워하는 경우는 있어도 물 자체가 무섭다고 하는 친구는 없었다. 어떤 친구는 "왜 너만 물을 무서워해?"라며 악의 없는 질문을 던지기도 했다.

이제 와 생각해 보면, 누구나 무서운 존재가 하나쯤은 있는 거 아니겠나. 무엇인가를 두려워하는 건 잘못이 아니다. 물론 그땐 '수영 선수가 물 공포증이 있어?' 하며 이상하게 보는 시선과 스스로를 이해할 수 없는 상황까지 모든 게 다 공포였다. 선수 시절이 힘들었던 이유는 수도 없이 많지만, 물에 대한 두려움도 원인 중 하나였다.

그럼에도 확실하게 말할 수 있는 건, 지금도 수영을 하고 있다는 것이다. 그때의 나와 지금의 내가 다른 건, 수영 선수로서 치명적인 물 공포증을 말하는 것이 이제는 두렵지 않다는 것이다. 왜냐고? '물'을 무서워한다는 사실보다, 그 사실을 숨기고, 외면하며 자신에게 솔직하지 못한 마음을 더 경계해야 한다는 것을 이제는 알기 때문이다. 한때 가장 두려웠던 '물'이라는 공간 안에서 나는 지금도 가장 나답게 성장 중이다.

두려움

vs

용기

이제는 땅보다 물이 더 익숙하다는 느낌이 든다. 그럼에도 아직 수영장이 아닌 공간에서는 가끔 물이 두려울 때가 있다.

대학생 때 한강에서 윈드서핑 수업을 들은 적이 있다. 친구들은 내가 수영 선수이기 때문에 당연히 물이라면 어디서든지 수영할 수 있다고 생각하는 것 같았다. 스스로도 내심 '이제는 극복하지 않았나?' 싶기도 했다. 성인이 된 나이와 수영 훈련으로 다져진 실력을 믿었던 것이다. 하지만 자신을 과신한 탓이었을까. 수영하는 걸 보여 달라는 친구의 말에 무심코 입수를 했다가 잊고 있던 물 공포증이 급작스레 밀려왔다. 수면이 잔잔한 수영장과는 다르게 넘실거리는 한강의 물살, 끝이 보이지 않는 희뿌연 물이 순간적으로 마음을 집어삼켰다. 그때 알았다. 그동안 물 공포증을 떨쳐 낸 게 아니라 그저 수영장에 '적응'했을 뿐이라는 걸.

몇 년 뒤, 비슷한 경험을 또 하게 됐다. 프리다이빙을 하러 찾아간 필리핀 세부(Cebu)에서였다. 스무 살 때와는 달리 수영에 대한 부담감도 이미 많이 덜어 낸 상태였기 때문에 물 공포증도 어느 정도 나아졌을 거라고 또 자신했다. 잠수한 세부의 바다는 바닥이 보일 정도로 투명한 물이었다. 그럼에도 불구하고 또다시 마음속에서 무섭다는 생각이 들기 시작했다. 빨리 이곳을 뛰쳐나가야 될 것만 같은 기분. 수영장처럼 물과 벽이 함께 보이는 곳이었으면 '아, 지금 어느 정도 위치에 있구나.' 하고 마음을 가다듬을 수 있었을 텐데 바다에서는 그게 불가능했다. 끝도 보이지 않는 바다의 넓이와 깊이에 비례하듯 두려움이 덩치를 불렸다.

수영장처럼 밖으로 금세 나올 수 있는 상황도 아니었다. 그래서 물속을 계속 들여다보기 보다는 차라리 몸을 뒤집어 하늘을 바라봤다. 하늘과 마주하며 숨을 가다듬으니, 구름이 보이고 수면 위에 떠 있는 배도 보였다. 잔잔한 물살의 리듬과 평화로운 풍경을 마주하자 숨 막히던 공포가 조금씩 잦아들기 시작했다.

솔직히 아직은 확실하게 모르겠다. 상황에 따라 이랬다저랬다 바뀌는 물에 대한 감정 때문에 혼란스러울 때가 있어, 물에 대한 공포를 모두 이겨 냈다고 자신하기는 어려울지도 모른다. 지금 자신할 수 있는 건, 시간은 걸렸으나 수영장 물에는 적응했고 이제는 적어도 수영장만큼은 두렵지 않다는 것

이다. 당당히 "물 공포증이 있는 사람도 수영을 할 수 있어요!" 하고 말할 수 있는 이유다.

혹시 물에 대한 공포증이 있다면 무작정 수영을 배우는 것보다는 마음이 편한 상태로 물에 적응하는 과정을 먼저 가질 것을 권유한다. 인내심을 가지고 물과 친해지는 시간을 넉넉하게 가져야 한다. 그리고 물속에서 몸과 마음이 더 이상 딱딱하게 얼어붙지 않으면, 그때부터 영법을 시작하면 된다. 그렇게 물에 익숙해지면 즐거운 수영 라이프, 'Fun SWIM'이 시작되는 거다.

돌이켜 보면, 인생은 아이러니하다. 인생을 통틀어 본다면 그 공포가 결국 용기가 되어 주었다. 설령 내 안에 있는 두려움이 발목을 잡는 순간이 오더라도 그것에 지지 않을 수 있다는 용기, 그리고 끝내 절실히 원하는 것은 이룰 수 있다는 용기 말이다. 그 시절 "너무 무서워, 그만할래."라며 포기했다면 두려움을 넘어 여기까지 올 수 없었을 테니까.

우리 안에는 언제나 두려움이 있다. 스스로가 겁쟁이처럼 느껴지는 순간도 올지 모른다. 너무 지쳐서 포기하고 싶은 순간도 분명 올 거다. 하지만 주저앉지 않고 용기를 낸다면, 두려움은 우리를 더 넓은 세상으로 이어 주는 튼튼한 다리가 되어 줄 것이다.

물밍아웃?
트라우마의 시작

기억이 정확하지는 않지만, 수영을 시작한 지 채 1년이 안 되었을 때쯤이었다. 얼결에 시작한 수영이다 보니 대단한 재미나 흥미는 없었다. 하지만 그런 기분과는 별개로, 강사의 권유를 받아 처음 도 대회를 나가게 되었다. 첫 시합을 떠올리면 동시에 집 근처의 유명했던 경양식 식당이 생각난다. 그곳은 어린 나에게 있어, 특별한 일이 있을 때만 가는 아주 특별한 장소 중 하나였다. 오죽하면 "시합 다녀오면 맛있는 거 먹으러 가자."던 엄마의 목소리가 생생할 정도일까. 그 경양식 식당에서의 외식이라면 나는 뭐든 할 수 있었다. 그렇게 첫 시합을 나가게 되었고, 항상 하던 수영장에서 기록을 재는 느낌이라 물에 대한 공포도 크지 않았다. 그 덕분이었을까. 평영 50m 경기에서 3등을 기록한 나는 본격적인 수영 선수의 길로 들어서게 되었다.

여기까지는 꽤 평화로웠다. 다만 문제는 전국 대회였다. 환경은 크게 달라진 게 없었지만, 평소보다 수영장에 물을 더 많이 채워 수심을 깊게 한 게 문제였다. 항상 얕은 곳에서만 수

다른 친구들은 그 시간 동안

수경, 수모를 쓰고 몸을 풀며 시합 준비를 했다.

하지만 나는,

수영장 바닥을 보며 호흡 조절을 하고
깊은 물에 적응하려 애를 썼다.

영을 하다가 적응할 새도 없이 2m 깊이의 수영장으로 밀려갔다. 수심도 수심이지만 시합에 대한 부담감까지 합쳐져 다리가 후들거릴 정도였다. 공포감과 부담감이 마음속에 탕탕탕 연타를 먹였다. 깊은 수심에 적응할 시간이 짧게나마 있었다면 조금은 나았을지도 모르지만, 그땐 아무도 시합을 앞둔 아이에게 그런 여유를 챙겨 주지 않았다.

아무리 어렸을 때라곤 해도 사실 전국 대회 정도의 큰 이벤트는 기억이 날 만도 하다. 하지만 아빠의 뒷목을 꽉 붙들고 떨었던 첫 수영의 그날처럼, 순간순간 두려운 기억들만 존재할 뿐 제대로 된 기억이 없다. 다만 스타트를 뛰었을 때 숨이 턱 막혔던 감각을 시작으로 해서, 턴을 하다 과호흡 때문에 물을 먹은 기억만큼은 생생하다. 깊고 어두운 물이 너무나 무섭고 두려워서 헉헉하면서 숨을 쉬다가 물을 왕창 먹고, 턴을 하고, 돌핀킥(두 다리를 붙이고 위아래로 동시에 흔들며 전진하는 발차기)을 찬 뒤… 그 자리에서 그대로 멈춰 버렸다. 어린 나는 멈춰 선 자리에 못 박힌 듯 레인을 잡고 서 있다가 결국 시합을 끝내지 못하고 두 발로 걸어 나올 수밖에 없었다. 첫 전국 대회에 대한 기억은 이렇듯 암담했다. 인생의 첫 실패를 맛본 날이었다.

가끔 그 순간을 생각한다. 만약 턴에서 물을 먹지 않았다면, 만약 포기하지 않고 완영했다면… 수많은 '만약'들이 마음을 시끄럽게 할 때가 있다. 어린 나이에 무방비한 상태로 겪어야 했던 '실패'는 그날 자체를 힘든 기억으로 각인시켜 버린 것 같았다. 갑자기 물이 무섭다고 생각했던 이유를 알 수 없어 더 힘들었고, 그 답을 알기까지도 꽤 오랜 시간이 걸렸다.

공포감은 오랜 시간 마음속에 진을 쳤고, 그 생각에서 벗어나기 위해 하나의 습관을 들였다. 800m 선수였던 나는 다른 종목에 비해 시합 전 대기 시간에 여유가 있었다. 보통 다른 친구들은 그 시간 동안 수경, 수모를 쓰고 몸을 풀며 시합 준비를 했다. 하지만 나는 서둘러 탈의를 하고 시합 경기장보다 깊은 5m 풀(다이빙풀에 들어갈 수 있는 상황에서만)에 들어갔다. 그 안에서 수영장 바닥을 보며 호흡 조절을 하고 깊은 물에 적응하려 애를 썼다. 지금 돌이켜 보면 두려운 상황에 미리 몸을 던지는 충격 요법에 가깝긴 하지만, 그렇게라도 한 뒤 시합에 들어가면 조금이나마 두려움이 줄어드는 것 같았다. 친구들은 종종 알 수 없는 행동을 하는 날 보며 "왜 몸 안 풀고 다이빙 풀에 들어가 있어?"라고 묻곤 했지만, 내겐 그것이 하나의 준비 과정이었다. 그렇게 해서라도 남들은 모르는 두려움을 이겨 내고 싶었다.

요즘 들어 "환경이 중요해. 먼저 상황에 적응을 했으면 좋

겠다."라고 힘주어 말하는 건 다 이런 이유에서다. 무방비 상태인 사람을 망망대해에 툭 떨어뜨려 놓고 "그냥 해!"라고 하며 모든 것이 당연히 잘 될 거라고 생각하는 건, 어떻게 보면 착각에 가깝다고 생각한다.

그래서 수영을 가르칠 때도 이 점을 항상 중요하게 생각한다. 대부분의 사람들은 처음 수영을 배울 때, 물을 먹으면 당황은 하지만 스스로 몸을 일으킨다. 하지만 물을 무서워하는 사람에게는 물을 먹는 그 자체만으로도 공포가 될 수 있고, 그러한 기억이 결국 수영을 포기하는 이유를 만든다. 수영을 가르칠 때 개개인마다 기초적인 부분을 체크하고 알려 줘야 하는 이유이다.

사실 서두부터 무거운 주제를 꺼내는 건 아닐까 걱정이 든다. 하지만 이러한 '물밍아웃'을 통해 나에 대해 좀 더 솔직하게 이야기하고, 물 공포증이 있는 사람들과도 공감하고 싶었다. 그래야 나도 조금 더 성장할 수 있을 것 같았다. 어쩌면 물밍아웃 그 자체가 새로운 나를 위한 도전일지도 모르겠다.

턴,
그 시작

첫 전국 대회의 장렬한 턴 실패 이후 트라우마가 시작됐다. 그 이후 나간 시합에서는 줄줄이 턴 실패를 반복했다. 악순환의 고리를 끊는 법을 그때는 잘 알지 못했다. 이상하게 들릴지도 모르겠지만, 나는 한 마디로 '턴도 못하고 물도 무서워하는 장거리 수영 선수'였다. 시간이 지나자 '수영장'이라는 환경에는 적응을 해 갔다. 심지어 물을 먹어도 크게 동요하지 않게 되었다. 하지만 유독 시합을 생각하면 덜컥 겁부터 났다.

그렇게 6년이라는 시간이 흘렀다. 쑥스러운 이야기지만, 나는 그 시간 동안 플립턴(앞으로 공중제비 돌듯 돌며 벽을 발로 차고 나가는 턴. 보통 '턴을 한다'는 건 플립턴을 뜻함)을 잘하지 못했다. 장거리 선수였음에도 시합 중 제대로 된 턴을 할 수가 없어 사이드턴(손으로 벽을 짚으며 방향을 바꾸는 턴)만 고수했다. 코치님이 보기에는 얼마나 한심했을지. 아마 '재는 수영한다는 애가 턴도 못하고 사이드턴으로 수영을 하네.' 했을지도 모르겠다. 노력을 하지 않은 것은 아니다. 그 시절 일기장을 보면 '꼭 턴을 해야지', '턴 좀 했으면 좋겠다', '나도 물이 안 무서웠으면 좋겠다' 등의 다짐과 소망도 가득하다. 친구들에게 이렇게 물었던 기억도 난다.

"있잖아, 너희는 시합 나갈 때 무슨 생각해?"

"기록 빨리 나와야 된다는 생각."

당연한 대답이겠지만 충격이었다. '나는 기록이고 뭐고 오직 턴을 하는 게 목표인데 다른 아이들은 아니구나.' 친구들은 자연스럽게 기록에 신경을 썼지만 물과 시합에 공포증이 있는 나는 사정이 달랐다. 기록은커녕 물이 무섭다는 생각에 고립된 채였다. 턴을 해야겠다는 작은 목표만으로도 벅찬데 친구들은 기록까지 신경 쓰다니… 출발점도, 목표도 다르다는 걸 알게 된 후 한참 의기소침해져 있었다. 그 모습을 지켜보던 코치님의 말이 기억에 남는다.

"현진아, 현진이는 그냥 턴만 한다고 생각해. 턴 한 번만 하자."

이유는 조금 다를지 몰라도, 다르다는 것을 인정해 주고 남다른 목표를 배려해 준 선생님의 마음이 눈물 나게 따뜻했다.

코치님의 배려 덕분이었을까, 드디어 전환점을 맞는 순간이 왔다. 중학생 때 참가한 전국 대회 자유형 800m 경기였다.

그날은 왠지 턴을 할 수 있을 것 같다는 강한 기분이 들었고 어쩐지 물이 무섭지 않았다. 350m째, 이윽고 수영 시합에서 처음으로 플립턴에 성공했다. 턴 성공과 동시에 친구들은 "와아!!!" 하고 소리를 질렀다고 한다. 그것을 지켜 본 이들은 대부분 '시합이 끝난 것도 아니고 1등도 아닌데 왜 소리를 지른 거지?'라고 이상하게 생각했을 테다. 하지만 내 고민을 누구보다도 잘 알았던 친구 겨라는 첫 턴의 성공을 그 누구보다도 축하해 줬다.

'와, 나 지금 턴한 거야? 대박 사건, 나 턴 했다!' 하고 나 역시 마음속으로 호들갑을 떨었지만 다음 목표인 완영을 향해 질주했다. 6년 만에 첫 턴을 성공하며 아드레날린이 샘솟은 덕인지 그날은 좋은 성적으로 시합을 마무리할 수 있었다. 그날 이후 물꼬가 트인 것 같다. 내 인생에서 가장 드라마틱했던 순간이다.

물론 턴 하나 성공했다고 물 공포증이 사라진 것은 아니었지만 변화의 시작을 알리는 신호탄임은 분명했다. 비록 6년이라는 시간이 걸렸지만 끝내 턴에 성공했으니까, 어쩌면 물 공포증도 완벽하게 이겨 내는 날이 오지 않을까. 그런 작은 희망이 마음에 불씨를 심었다. 그리고 그 불씨는 아직도 꺼지지 않고 마음 안에서 타오르고 있다.

턴 하나 성공했다고
물 공포증이 사라진 것은 아니었지만
변화의 시작을 알리는 신호탄임은 분명했다.

혹시 수영을 하면서 턴이 되지 않아 고민하거나 턴을 하고 싶은 사람들이 있다면 말해 주고 싶다. 턴은 물에서 몸을 제대로 가눌 수 있을 때 시작하는 게 좋다고. 턴은 사실 물속에서 앞구르기를 하는 것과 같다. 다만 물속이기 때문에 원하는 대로 몸을 가누기 어렵다는 점, 호흡에 제한이 있다는 점이 물 밖과 다를 뿐이다. 초급 단계라면 '앞구르기 할래.' 정도의 작은 목표를 설정하고 놀이처럼 턴을 시작해 보자. 영법으로서의 턴은 더 까다로운데, 턴뿐만 아니라 반환 동작까지 배우고 싶은 마음이 있다면 자유형이라도 어느 정도 자유롭게 할 수 있을 때 시작하는 걸 추천한다. 간혹 턴을 배우고도 턴 연습할 때만 하고 평소엔 시도하지 않는 경우도 많다. 어느 정도 턴을 배웠다면 반드시 반복 연습해 보는 게 중요하다. 영법이 완벽해진 뒤 턴을 따로 연습하기 보다는, 잘 되든 안 되든 계속 시도하는 게 중요하다. 실패를 너무 두려워하진 않았으면 좋겠다. 내가 장장 6년 동안 시합에 나가서까지 턴을 실패하면서도 꾸준히 시도한 것처럼 말이다.

연습은 완벽을 만든다고 하지 않는가? 실패에 발목을 잡혔다 하더라도 부디 포기하지 않기를 바란다. 그렇게 조금씩 앞으로 나아가다 보면, 언젠가 스스로 알게 된다. 그 순간순간들의 실패의 이유를. 그리고 자신의 인내에 환호하게 될지도 모른다. 브라보! 이현진!

애정과 애증
사이에서

물 공포증이 있음에도 아직까지 수영을 하는 걸 보며 다른 사람들은 '물 공포증이 있는데도 꾸준히 수영한 거면 정말 좋아했나 보다.'라고 생각할 수도 있을 것 같다. 하지만 안타깝게도 학창 시절에는 수영의 매력을 1%도 알지 못했고, 하루라도 빨리 그만두고 싶어 안달이었다. 지금도 여전히 수영은 애정과 애증 그 사이 어딘가에 있다.

꽤 긴 학창 시절 동안 수영은 '버티는 시간' 그 이상도 그 이하도 아니었다. 대부분의 아이들이 공부 때문에 절망하고 고민하던 그 시절, 나는 수영이라는 녀석 때문에 그랬다. 무엇보다도 가장 힘들었을 때는 몸이 아플 때였다. 컨디션은 최악인데 아무도 믿어 주지 않을 때, 아파도 무조건 해야만 할 때, 부상 때문에 몸이 마음처럼 움직여 주지 않을 때… 그런 순간에는 아픈 몸 못지않게 마음이 참 많이 속상했다.

중학교 1학년 무렵이었나. 부족한 점도 많았지만, 선수로서는 한창 전성기였다. 하루는 지상 운동 중에 선배와 인간 뜀틀을 하다가 바닥에 떨어지고 말았다. 엎드려 있던 선배의 등이 살짝 기울어져 있던 걸 모르고 달려들었다가 퍽 소리가 날 정도로 땅을 손으로 짚으며 떨어진 것이다. 훈련을 하다 보면 이런저런 일들이 끊이지 않기 때문에 그 정도쯤이야 별로 크지도 않은 해프닝에 속했다. 아픔을 참으며 멋쩍게 몸을 털고 일어나 잘못 짚은 팔을 움직여 보았다. 그런데 별일이 아닐 거라 생각한 것과 달리 이상할 정도로 아픔이 컸다. 평소에 발목이 약해서 수영을 쉰 적은 있었지만 팔 때문에 쉰 적은 단 한 번도 없었는데, 처음으로 '팔이 아파서 못하겠다.'는 생각이 들었다. 오죽하면 수영복도 입을 수 없을 정도였다.

결국 킥 연습을 진짜 싫어했던 내가 스스로 "선생님, 저 오늘 킥만 해야 할 것 같아요. 팔이 너무 아파서 못 하겠어요."라는 말을 했다. 그제야 선생님의 얼굴에도 '얘가 킥 찬다고 할 애가 아닌데, 정말 아픈가 보다.' 하는 걱정이 어리기 시작했다. 그날은 모든 운동을 킥으로 대체하고 마지막에 스타트만 하기로 했다. 마무리 훈련을 하며 스타트를 뛰는데 너무 끔찍하게 아팠다. 진짜 뭔가 잘못 됐구나 싶었다. 그럼에도 불구하고 멈추지 않고 계속 수영을 했다. 스트로크도 끝까지 밀지 못하고 닭 날개 접듯이 웃긴 수영을 했는데, 지금 그때 했던 수영을 생각하면 참 웃기다. 얼마나 웃겼을까? 결국 훈련을 마치고 엄마와 병원으로 향했다.

검사 결과는 팔 골절이었다. 어쩐지 너무 아프다 싶었다.

팔이 부러진 것도 모르고 그냥 버티려고만 했던 것이다. 오랜 암흑기를 거쳐 겨우 맞이한 전성기였는데, 마음껏 물을 가르며 수영을 하다가 덜컥 팔이 부러지니 눈앞이 깜깜했다. 하필이면 다친 부위가 팔이어서 제일 싫어하는 킥만 차야 한다는 것도 고통이었다.

한 달 정도 깁스한 후에는 수영이 마음처럼 잘 따라주지 않아 또 괴로웠다. 자꾸만 머릿속에 '아, 이제 나는 안 되는 건가? 나는 끝난 건가? 예전의 그 느낌이 아니야.' 하는 생각만 떠올라 속상했다. 믿어지는가? 수면 위에 둥둥 떠다니듯 수영하다가, 마치 모래주머니를 발목에 차고 수영하듯 아무리 저어도 뜨지 않는 무거운 몸이 되어 버렸다는 사실이. 그렇다. 전성기가 한순간에 허무하게 끝나 버린 것이다.

더 이상 버틸 수 없었다. 몸은 둘째 치고 마음이 너무 힘들어서 부모님께 수영을 그만두고 싶다고 말했다. 수영을 그만두기로 마음먹었던 날의 마지막 수영은 어떤 기분이었는지 잘 기억이 나지 않는다. 내심 이게 마지막 수영이 되진 않을 거라는 걸 알고 있었던 것 같기도 하다. 오늘로 수영을 그만두겠다고는 했지만, 결국 다시 수영으로 돌아오게 될 것을 마음만큼은 알고 있었던 것이다. 그래서 특별히 슬펐다거나 후련했다거나 하는 기분은 들지 않았던 것 같다.

한때는 수영이라는 단어를 듣는 것조차 지겨웠지만
결국 우리는 아름답게 재회했다.

그렇게 수영을 그만두게 되었다. 아홉 살에 시작해 몇 년을 바쳐 온 수영이었다. 그때 깨달았다. 사람은 계속해 오던 걸 안 하게 되면 어딘가 이상해진다는 것을. 평소 3시부터 6시까지 운동을 했다고 치면, 더 이상 수영이든 운동이든 하지 않아도 되는 걸 알면서도 그 시간만 되면 마음이 불안하고 심장이 두근거렸다. TV에서 수영 시합이라도 중계할 때면 왠지 당장 그곳으로 가야 할 것만 같았다. 이런 스스로가 이해되지 않았다.

어렸지만, 돌이켜보면 그 시기는 내 인생에 있어 첫 번째 이별과 마찬가지였다. 어딜 가도 수영 이야기가 들리면 마음이 쿵 떨어졌다. 택시를 타도 기사님이 "키가 크네요, 학생. 무슨 운동이라도 해요?"라고 물으면 예전처럼 "저 수영 선수예요."라고 답할 수가 없어 입만 벙긋거렸다. 아무런 말을 할 수 없는 마음이, 수영이라는 단어만 들어도 철렁하는 가슴이 뻥 뚫린 것처럼 허했다.

결국 그 시기가 있었기에 수영을 지속할 수 있는 힘과 수영을 진심으로 즐길 수 있는 계기가 생긴 것 같기도 하다. 단 한 번도 싸우지 않는 연인보다는 크게 다투고 다시 맞춰 가며 서로를 이해하는 연인이 끝내 사랑을 더 잘 유지하는 것처럼, 한때는 수영이라는 단어를 듣는 것조차 지겨웠지만 결국 우리는 아름답게 재회했다.

수영을 위한
변명

지금에서야 솔직히 말하지만 '이현진'이라는 학생은 정말 단 1%도 수영 재능이 없었던 것 같다. 아니, 단언컨대 없었다. 재능이 있다고 믿고 싶은 순간도 있었다. 하지만 수영을 하면 할수록 재능이 없다는 사실이 확실해졌다. 눈에 띄는 성적을 많이 내지 못한 데는 여러 가지 요인이 있겠지만 변명은 하고 싶지 않다. 어쨌든 그게 최선이었으니까.

훈련이 하기 싫은 날은 수도 없이 많았고, 모자란 재능을 메꿀 정도의 절절한 노력도 없었다. 하지만 그 대신, 한번 시작한 훈련은 집중해서 소홀하게 하지 않았다. 일단 놀 생각에 가득 찬 나이 치고는 농땡이를 피우지는 않았다는 것에 의미를 두고 싶다. '왜 이렇게 못하지?'라는 생각을 자주 하면서도 스스로가 기특할 정도로 운동만큼은 빼먹지 않고 잘 다녔다. 어차피 피할 수 없다면 차라리 열심히 하자는 생각이 컸던 것 같다. 그래서 함께 수영을 하는 후배들이 열심히 하지 않는 모습을 보이면 나도 모르게 조금 짜증이 났다. "어차피 두 시간 동안 물속에 들어가 있어야 하는데 시간 아깝게 보내지 말고 그냥 열심히 해. 다른 사람 피해 주지 말고." 하며 훈계 아

수영은 내 인생에서 여러 의미를 가진다.
처음에는 두려움이었고,
그 이후에는 상실감도 주었지만,
지금까지 살아오는 데
삶의 동기 역시 주었다.

닌 훈계를 하는 식이었다. 한번은 후배가 "언니. 피니시에서 끝까지 밀면 팔 아파서 못 밀겠어요. 어떻게 해야 돼요?" 하고 물어본 적이 있다. 그때도 "어차피 밀어서 나가야 되잖아. 한 번 밀 때 세게 밀어서 빨리 도착하자는 마음으로 해 봐."라고 답해 주었다.

사실 모든 기록을 망친 건 아니었다. 문제는 연습할 때 기록은 꽤 잘 나오는 편인데도, 시합만 하면 평소에 훨씬 못 미치는 결과를 내기 일쑤였다는 것이다. 시합은 잘하지 못하고 훈련에는 열심인 나를 두고 선생님들은 '연습용'이라고 불렀다. 반대로 훈련은 열심히 안 하는데 시합에서는 결과를 펑펑 터뜨리는 아이들은 '시합용'이었다. 이렇게만 얘기하면 보통은 진짜 서운했겠다고 생각하겠지만, 딱히 상처가 되지는 않았다. 스스로도 "나는 연습용이야! 엄마, 나는 연습용이래!" 하면서 다녔으니까. 그렇게 해맑은 모습으로 웃으며 받아들이면 엄마도 "으이그, 자랑이냐!" 하고 서운해 하지 않았다.

연습만 하면 최고 기록이 나오는데 시합만 하면 말짱 도루묵이니, 선생님 입장에서는 얼마나 황당했을까? 어쨌든 시합 때만 되면 무슨 일인지 기록을 내지 못하는 게 내심 아깝긴 했다. 그래도 친구들의 기록과 비교한 적은 없었다. 어떤 친구는 수영을 잘했지만 장거리를 못했고, 나는 장거리에 자신이 있었다. 서로가 서로를 잘 알고 있기 때문에 '재는 이걸 잘 하는 거고 나는 저걸 잘하는 거지.'라고 생각할 수 있었던 것이다. 친구들을 부러워했던 건 딱 한 가지다. 물을 무서워하지 않는다는 것. 그거 하나만 부러웠지 남의 기록을 부러워하진 않았다.

사실 여기에는 다른 이유도 있다. 다른 아이들에 비해 유독 수영 폼이 참 예뻤기 때문이다. 선생님들도 콕 집어 시범을 보이게 하면서 "야, 현진이는 진짜 자세 하난 명품이다."라고 할 정도였다. 누군가 "폼이냐, 기록이냐?"라고 묻는다면 "폼 안 좋아도 기록이 빨랐으면 좋겠어요."라고 말하겠지만, 어차피 기록이 느릴 거라면 폼이라도 예쁜 게 어딘가? 폼이라도 예쁘면 된 거 아닐까?

수영은 내 인생에서 여러 의미를 가진다. 처음에는 두려움이었고, 그 이후에는 상실감도 주었지만, 지금까지 살아오는데 삶의 동기 역시 주었다. 아버지는 항상 이런 말씀을 하셨다. 영원한 적도, 영원한 친구도 없다고. 생각해 보면 수영이 그렇다. 좋기만 한 것도, 싫기만 한 것도 없다.

누군가가 내게 "정말 수영이 미치도록 좋아?"라고 물으면 "좋지! 그런데…"라는 답을 하게 될 것이다. 반대로 "그럼 수영이 싫어?"라고 물으면 이번에도 "아, 지겹지. 그런데…"라

는 답이 나올 것 같다.

가까이 있으면 떨어져 지내고 싶고, 떨어져 지내고 있으면 또 가까워지고 싶은 존재, 수영. 그 어떤 친구나 애인보다도 지긋지긋하고 또 사랑스럽다. 수영을 애정이 아닌 애증이라고 표현하는 건 다 이런 이유다.

레슨이 없었다면
나는?

대부분의 '계기'는 작은 것에서 시작된다. 내게도 마찬가지였다. 수영에서 진짜 재미를 찾게 된 계기 말이다. 그건 바로 '내가 하는 수영'과 '남을 가르치는 수영'의 차이에 있었다.

대학교는 일부러 수영부가 없는 학교로 진학했다. 초 · 중 · 고 전부 수학여행 한 번 가보지 못하고 수영만 했었는데, 대학교에서도 수영부가 있으면 또 운동을 해야 할 것만 같은 생각이 들었다. 나름 머리를 써서 수영부가 없는 대학교로 진학했지만, 우연찮게 시작한 파트타임 수영 강습이 내 인생을 통째로 뒤흔들어 놓았다.

물론 처음에는 쉽지 않았다. 도대체 뭘 가르쳐야 될지 몰랐기 때문이다. 처음에는 갈피를 잡지 못해 강습생들에게 킥판을 줬다 뺏었다 반복했다. 만약 첫 강습생이 이 글을 보고 있다면 사과를 하고 싶을 정도였다. 재치도 없고, 말 재주도 없던 내가 제일 자신 있던 것이 '보여 주는 수영'이었다. 불행 중 다행인 건, 수영 시범만큼은 썩 괜찮았던지 강습생들의 눈에 신뢰가 차올랐다는 거다. 물론 혼자만의 착각일지도 모르지만!

그렇게 처음에는 말로 설명하는 강습보단 보여 주고 따라 하게 하는 강습으로 시작했다. 제대로 된 강습법을 찾고 싶었지만 그때는 책에도, 인터넷에도 수영 강습법 같은 게 나오지 않았기에 고심 끝에 외국 서적을 찾기 시작했다. 영어를 잘하지 못했지만 어차피 수영 용어 자체가 영어라 동작들을 보며 내 맘대로 해석하기 시작했다. 그런 식으로 하나하나 강습법을 배워 갔다.

서툴렀던 첫 강습을 통해 깨달은 건 '직접 하는 수영'과 '가르치는 수영'이 천지차이라는 사실이었다. '가르치는 수영'은 너무나도 매력적이었다.

강습생 중에서는 나처럼 물 공포증을 가지고 있는 이들도 많았다. 그들과 공감하면서 수영을 가르치다 보니 이상하게 내 마음의 상처까지 함께 치유되는 것 같았다. 물을 좋아하는 친구들 사이에서 쭉 홀로 떨어진 외계인 같았는데, 강습을 시작한 후로 물 공포증이 정말 흔하다는 걸 처음 깨달았다.

다르게 생각해 보면 나는 그들을 이해할 수 있는 강사였다. 똑같이 물 공포증을 갖고 있었기 때문에 오히려 눈높이에 맞춰 수업할 수 있었다. 처음에는 근거 없는 자신감에 지나지 않았다. 하지만 물 공포증이 있는 사람들에게 수영 수업을 한 뒤 감사 인사를 받는 일이 종종 생기기 시작했다. 두려움을 이기

고 수영을 하게 된 사람들의 밝은 얼굴을 볼 때마다 큰 보람을 느꼈다. '가르치는 수영'의 기쁨을 깨달은 것이다. 더 나아가 물 공포증이 내게 주어진 큰 혜택 같은 느낌마저 들었다. '내가 물을 무서워해 봐서 다행이다. 아니었으면 전혀 공감하지 못했을 텐데.' 하고 말이다.

누구에게나 처음이란 참 어려운 것이다. 특히 물 공포증을 가진 사람들은 수영을 시작하는 게 더욱더 어렵다. 만일 당신도 물을 무서워한다면, 기억해 주길 바란다. 수영을 배우는 건 두 번째 문제고, 우선 물과 친해져야 한다는 것을.

강습할 때 물을 무서워하는 사람들을 만나면 "별거 아니에요. 그냥 물에 들어오세요."라고 쉽게 말하지 않는다. 그들에게 가장 필요한 것은 공감이다. 그들을 이해하지 못하고 막무가내로 "물이 왜 무서워?", "일단 들어와. 들어오면 다 돼."와 같이 접근을 하면 '아… 나는 쉬운 것도 못하는 구나.' 하는 상실감을 줄 수 있다. 그렇기 때문에 그들의 공포에 공감해 주는 것이 가장 중요한 문제라고 생각한다.

물이 얕다거나 깊다거나 하는 수심의 문제를 떠나, 아예 물에 닿는 것만으로도 공포를 느끼는 사람들도 분명히 있다. 호흡이 중요한 수영에서 호흡이 진정되지 않는다면 큰 어려움이 따르는 것은 당연하다. 그래서 첫 수업 때는 최대한 상대방에게 안정감을 주는 게 매우 중요하다. 물속에서 "저는 당신의 1m 이내에 있어요. 저와 함께 있으면 절대로 물을 먹지 않을 거예요. 그러니까 저랑 천천히 걸어 봐요."와 같이 말한 뒤 상대의 마음을 편안하게 하는 것이 중요하다. 그리고 손으로 등을 받쳐 안전하다는 사실을 계속 인지시키면서 걷는 단계를 시작한다. 걷는 동안에는 수영에 관한 가벼운 이야기나 물 공포증을 이겨 낸 사람의 이야기도 종종 들려준다.

이렇게 차분히 진행을 해도 처음에는 쉽지 않다. 절대 이상하거나 더딘 게 아니다. 그럼에도 사람들은 이 단계에서 큰 상실감을 맛본다. 뜻대로 제어되지 않는 몸과 마음에 좌절하며 "수영 재미있다던데… 저는 왜 안 될까요?" 하고 말한다. 그렇게 흥미를 잃어 가는 사람들에게는 또다시 말해 주곤 한다.

"지금 제가 당신에게 호흡과 걷는 방법을 알려 줬지만, 아마 앞으로 한 달, 혹은 편해지기 전까지 지금과 같은 고민을 계속 하게 될 거예요. 그런데 어느 순간 생각하지 않아도 자연스럽게 될 때가 와요. 그때까지는 그다음 것을 생각하지 말고 지금처럼 걷는 것만, 물에 적응하는 것만 해요."

오늘 당장 뭔가를 이루는 것은 중요하지 않다. 오히려 지금 당장 물에 떠서 나가야 한다고, 물에 얼굴을 넣고 킥을 차야 한다고 자신을 재촉하다가는 아무것도 하지 못한 채로 끝이 나게 된다. 아무것도 할 수 없을 뿐이라면 차라리 다행이다.

그러다 물을 먹거나 물에 대해 더 큰 공포를 느끼게 되면 결국 수영을 아예 포기하게 될지도 모른다. 그러므로 더더욱 우선시되어야 하는 것이, 마음을 안정시키는 것이다. 안정이 찾아오는 데까지 얼마의 시간이 걸리든 말이다.

물 공포증을 가지고 있다면 아주 작은 목표를 정하는 게 좋다. 다른 사람들이 "그게 목표야?"라고 할 만한 것들이 이 같은 경우에는 아주 중요한 지점이 된다. 먼저 '물 바깥에서 음파음파 몇 번만 해 보자. 그것만 해도 잘 될 거야.'처럼 작은 목표를 정한다. 그리고 '그래도 오늘 물속에 들어가서 걸었어! 그리고 호흡 방법도 배웠잖아.' 하고 성공한 작은 시도들을 끊임없이 칭찬해 준다. 물이 무섭더라도 이런 작은 성취를 하나하나 얻어 가다 보면 결국 큰 힘이 되는 것이다.

끊임없이 공감하고 소통하며 기다려 주면, 어느 순간부터는 속도가 붙기 시작한다. 물이 더 이상 두렵지 않다는 걸, 호흡이 어렵지 않다는 걸 알게 되는 것이다. 가장 많이 추천하는 방법은 수영 일기다. 조금 귀찮은 방법일 수는 있지만 '오늘 수영장에 오는 게 너무 무서웠지만 그래도 이걸 배웠어. 나중에 이걸 또 배울 거야.' 이런 식으로 적어 두는 것이야말로 오늘 얻은 작은 성취를 기억하는 가장 확실한 방법이다. 기억은 그냥 흘려보내면 언젠가 잊어버리지만, 적어 두면 계속 상기할 수 있다.

보너스로, 강습을 하면서 물을 무서워하는 아이에게 수영을 가르쳐야 하는지 고민하는 부모들을 참 많이 만났다. 그럴 경우 아이가 원하지 않는다면 시키지 않는 게 낫지만, 일단은 아이가 선생님과 친해지는 시간을 줬으면 좋겠다. 우선 선생님에게 "아이가 처음부터 수영을 하는 것보다는 흥미를 먼저 느낄 수 있으면 좋겠어요."라고 부탁을 해 보자. 이렇게 되면 진도에 대한 걱정이 없으니 아마 선생님도 부담 없이 아이를 대할 수 있고 얼른 배우라는 압박을 넣거나 떠밀지 않을 것이다. 선생님과 협의가 되었다면 아이에게는 "그냥 가서 발만 물에 담그고 와, 샤워만 해~"라는 식으로 부담을 줄여 주길 바란다. 그렇게만 얘기해 두어도 아이들은 수영장에서 다른 친구들이 노는 걸 보며 금세 같이 놀고 싶어 발을 동동 구르게 될 것이다. 즉, 물에 들어가지 않더라도 눈으로 보게 하고, 수영이 재미있는 운동이라는 것을 스스로 인지하도록 시간을 주자는 말이다.

솔직히 이렇게 물을 무서워하는 사람들을 가르치는 노하우가 쌓이기까지는 꽤 오랜 시간이 걸렸다. 하지만 수영 선수를 했을 때와 다른 점이라면, 똑같이 오랜 시간이 걸렸어도 그에 대한 감정이 다르다는 것이다. 직접 선수로서 물을 갈라야 하는 수영을 할 땐 마음처럼 되지도 않고 당장이라도 그만두고

싶었다. 하지만 강사로서 타인을 가르치는 일은 보람을 얻을 수 있을뿐더러 내 안의 상처까지도 돌아볼 수 있었다.

당장 길이 한 가지밖에 없는 것 같아도 고개를 돌려 보면 선택할 수 있는 수많은 갈림길이 있다. 수영이라곤 선수로서의 수영밖에 없는 줄 알았지만, 가르치는 수영을 시작한 후 둘이 전혀 다르다는 걸 깨달은 것처럼. 우리가 사랑하는 것들을 조금 더 넓게 보고, 포기만 하지 않았으면 하는 바람이다. 상상할 수 있는 가장 아름다운 결말을 생각하면서 말이다.

물,
내 삶의 영감

수영이라는 단어보다는 '물을 가른다'는 풀이가 조금 더 마음에 와닿는 건 왜일까. 앞에서도 말했듯이 젤리 같은 물을 가르며 나아갈 때 세상에 둘도 없이 자유로운 느낌이 든다. 다른 사람도 이런 기분으로 수영을 하는 걸까? 대체 사람들은 왜 수영을 할까?

문득문득 그런 것들이 궁금해질 때마다, 나름 내린 결론은 이렇다. 수영은 삶의 질을 높이기 위해 하는 운동이다. 물론 수영에만 국한되는 얘기가 아닐 것이다. 정말 먹고살기 바쁘다면 수영이든 달리기든 할 수 없다. 운동은 삶에 잠깐이나마 시간을 낼 여유가 있다는 걸 느끼게 해 준다. 숨 돌릴 틈 없는 일상 속 찰나의 여유 같은 존재이자 그로 인한 활기를 전해 주는 존재다. 움직이면 움직일수록 한 인간의 삶의 질이 올라간다. 에너지가 올라가면 집중력이 올라가고, 그런 에너지는 사회생활에 투영되고, 스스로 성취하는 순간을 즐기게 만든다. 삶과 운동 사이의 밸런스를 지킨다는 것은, 그렇기에 중요한 것이다. 잘은 몰라도 사람들은 결국 마음의 여유와 작은 열정의 불씨가 필요해서 운동을 하는 게 아닐까.

물은 분명 또 다른 세상이다.

그리고 물은 결국 마음과 닮아 있다.

사실 수영은 걷는 것과 같다. 날기 위해선 도구가 필요하지만 걷거나 헤엄을 칠 땐 특별한 도구가 필요하지 않다. 결국 수영을 배운다는 건 당신이 닿을 수 있는 하나의 세상을 더 배우는 것이다. 예를 들어 요트를 타고 바다로 나갔는데, 펀다이빙(스쿠버다이빙 자격증을 가진 다이버가 관광 목적으로 하는 다이빙) 하기 너무 좋은 스폿을 만났다면? 발밑에는 예쁜 물고기가 있고 내가 탄 요트에는 오리발과 스노클(잠수하는 동안 수면에서 호흡할 수 있게 해 주는 장비)이 있다. 만약 물을 경험해 본 사람이라면 이런 스폿을 놓치고 그냥 갈 리가 없다. 풀장비와 아름다운 광경이 준비되어 있는데 무조건 입수하지 않겠는가? 그러나 물을 제대로 경험하지 않은 사람에게는 같은 공간도 뭐 하나 의지할 것 없고 한없이 가라앉을 것만 같은 망망대해 한가운데의 무서운 곳일 뿐이다. 오리발이 있어도 사용법을 모르니 허우적거리며 에너지만 실컷 쓰고 좋은 광경은 보지 못하지 않겠는가. 물론 어디까지나 확률적인 부분을 얘기한 것이긴 하다.

물은 분명 또 다른 세상이다. 그리고 물은 결국 마음과 닿아 있다. 물에서 쭉 나아가다 보면 무엇이든 다 괜찮을 것만 같다. 그렇게 나아가다 보면 정말 모든 게 다 괜찮아지는 순간이 오기도 한다.

예전에 만난 강습생 중에 아이를 굉장히 원하던 사람이 있었다. 건강하게 아이를 갖기 위해서는 운동이 꼭 필요하다고 해서 수영을 시작한 경우였다. 처음엔 뜻대로 되지 않는 일에 답답해하곤 했지만 수영을 시작하면서 "이렇게 건강하게 사는데, 아이도 곧 찾아오겠지." 하며 안정을 찾아갔다. 시험관 시술까지 해도 결국 일이 잘 풀리지 않아 '아, 안 되려나 보다.' 하고 포기하려는 순간, 마법처럼 아이가 찾아왔다. 나는 그 마법 같은 일에 물의 힘이 어느 정도는 기여를 했다고 생각한다. 아니, 그렇게 믿고 싶다. 흔히들 물은 엄마의 자궁 속 같다고 표현하는 것처럼, 물에 신비한 힘이 있는 것처럼 느껴질 때가 있기 때문이다. 물속에 있으면 들리는 보글거리는 소리, 온몸으로 느껴지는 젤리 같은 촉감까지. 편안한 기분으로 온 힘을 빼고 물에 둥둥 떠 있다 보면 이런저런 걱정이 사라진다.

수영을 시작하기 전에 매사 우울함에 빠져 있던 강습생도 있었다. 수영을 배우면서 차츰 우울한 감정을 털어 내기 시작했다. 사실 그땐 '내가 강습을 잘해서, 내가 잘 웃겨 줘서 그런 거야!'라고 생각했는데, 이제 와 생각해 보면 물이 주는 편안함과 안정감이 더 크지 않았을까 싶다. 결국 물과 마음은 서로 닮아 있는 게 아닐까.

고맙게도, 사람들에게서 종종 "현진 씨에게서는 긍정 에너

지가 느껴져요!"라는 말을 들을 때가 있다. 어쩌면 그런 성격의 근원도 결국 물에 있는지 모른다. 사람을 더 밝게 만들어 주는 것, 마음속 깊은 곳에 잠들어 있던 활기를 깨워 주는 것. 그러니 한순간이라도 지친 마음을 달래고 싶다면 물과 가까운 곳으로 발을 디뎌 보자. 어쩌면 당신의 발끝에 닿은 그 물이 건조해진 마음을 조금이나마 적셔 줄 수 있을지도 모른다.

수영할래?
다이어트 할래?

누군가 우스갯소리로 “수영할래? 다이어트 할래?”라고 묻는다면, 때마다 다르긴 하겠지만 지금으로써는 수영을 택할 것 같다. ‘다이어트’ 하면 미룰 수 있을 만큼 미뤘지만 개학 전날에는 꼭 해야만 하는 방학 숙제 같은 느낌이 강해서인지, 참 지독한 기억이 많다. 강습생, 혹은 선수들 사이에서 시간을 많이 보내는 나는 다이어트를 목표로 삼는 이들을 필연적으로 많이 보게 된다. 솔직히 아닌 게 아니라, 운동을 하고 나면 식욕이 폭발적으로 생기기 때문에 이 다이어트라는 녀석이 여간 골치 아픈 게 아니다.

‘다이어트’ 하나만으로도 벅찬데, ‘물’은 더 오묘한 녀석이다. 나만 해도 그렇다. 샤워만 해도 왜 그렇게 배가 고픈 건지. 물에만 닿으면 순식간에 포만감은 온데간데없이 사라지고 허기가 찾아온다. 심지어 팔다리를 비롯해 온몸을 정신없이 움직이는 수영을 하고 나면 배가 얼마나 고픈지 모른다. 뱃속에 거지가 들었다는 말이 무슨 뜻인지 그 순간만큼은 몸소 느낄 수 있다.

사정이 이렇다 보니 꽤 자주 “수영 전후 중에 언제 밥을 먹는 게 좋아요?"라는 질문을 받는다. 솔직히 말하면, 운동하기 전 식사가 운동 후보다는 낫다. 이건 어떤 운동이든지 마찬가지일 것이다. 하지만 더 중요한 건 '운동 전이냐, 후냐' 하는 타이밍보다, '운동을 몇 시에 하느냐'이다. 만약 저녁 6시 전에 운동이 끝났다면 식사를 해도 괜찮겠지만, 밤 10시에 끝났다면 배가 먹을 것 좀 달라고 아우성을 치더라도 먹지 않고 자는 게 좋다.

가끔은 운동하기 전의 각오들이 운동 후 찾아오는 배고픔 때문에 무너지는 경우가 있다. 물론 그 마음은 너무 잘 안다. 배가 고픈 걸 참는 건 정말이지 고역이다. 또, 사실 먹고 싶으면 먹는 게 맞긴 하니까. 수영을 하고 나면 정말 배가 고프다는 걸 누구보다도 잘 알고 또 공감하는 바이지만, 어쨌든 그 시간을 참으면 살은 쭉쭉쭉 빠질 것이다.

대체 그놈의 살이라는 게 뭔지. 한번은 이런저런 이유 때문에 체중이 8~9kg 정도 쭉 빠져 버린 적이 있었다. 마음고생은 많았지만 결국 힘든 일도 잘 이겨 냈고, 의도치 않은 다이어트 효과까지 얻었다. 주변 사람들은 단기간에 쑥 말라 버린 나를 보며 "조심해. 그거 금방 다시 찐다."라고도 했지만, 어찌저찌 장기간 잘 유지하고 있다. 잘 유지할 수 있었던 비결은, 저녁 늦게 슬그머니 찾아오는 식욕을 참는 것이라고 말하고 싶다. 당연한 이치겠지만, 저녁을 많이 먹으면 몸이 부하고 둔

한 게 느껴진다. 하지만 식욕을 참게 되면 마음은 고달프나 몸은 한결 가볍게 느껴진다. 어찌 보면 습관의 문제다. 처음에는 당연히 운동 후 찾아오는 식욕을 참는 게 어렵고 힘들겠지만, 그 공복을 즐기는 습관을 만들다 보면 다이어트 성공의 기쁨을 맛볼 자격을 얻게 된다.

계속 다이어트 얘기를 하다 보니 성인이 된 후 수영을 지도받았던 H 선생님이 떠오른다. 어느 시합에선가 다시 만났는데, 선생님이 내 이름을 부르기 전까지 먼저 알아보지 못했다. 원래 체격이 조금 있었는데, 못 본 새 몰라보게 날씬해진 것이다. 알고 보니 선생님의 다이어트 비결은 바로 탄수화물을 끊는 것이었다. 마실 것은 웬만하면 물, 탄산음료가 먹고 싶다면 탄산수를 마셨다고 한다. 국밥을 먹으러 가도 건더기는 다 먹되 밥만큼은 먹지 않았다. 그렇게 3개월을 보냈고, 다이어트에 성공하여 날씬함을 가질 수 있었다. 물론 탄수화물은 몸에 꼭 필요한 영양소이니 지나치게 안 먹는 것도 나쁘긴 하겠지만, 적당한 조절은 다이어트에 큰 도움이 된다는 걸 뼈저리게 느꼈던 때였다.

단, 탄수화물을 줄이면 성격은 조금 더러워질 수 있다는 점을 잊지 말자. 한때 마음이 너무 힘들어서 밥을 못 먹고 다녔던 적이 있는데, 그때 성격이 아주 파탄나기 직전이었다. 별것

가끔은 운동하기 전의 각오들이
운동 후 찾아오는 배고픔 때문에
무너지는 경우가 있다.

아닌 일에도 어찌나 성질이 나던지. 순간 '내가 괜히 화를 냈나?' 싶어 민망함도 느꼈는데, 이유 없이 서러운 마음에 그런 걸 신경 쓸 여유조차 없었다. 다이어트에 성공하는 대신 인성과 건강을 버려도 상관없다면야 모르겠지만, 뭐든 적절한 게 최고다.

운동을 하면서 다이어트를 하는 것, 나는 찬성한다. 그러나 무엇이든 넘치면 탈이 나는 법! 자신을 아끼고 사랑하는 범위 안에서 즐기며 수영하고 다이어트 할 것을 추천하는 건 다 이런 이유에서다. 여러분의 Fun SWIM과 다이어트를 위하여! 화이팅!

행복은 셀프!
그럼 행운은?

길게 산 건 아니지만, 또렷하게 기억나는 순간이 있다. 이 기억을 들춰내자니 눈물이 먼저 난다. 나는 그날을 이렇게 부른다. '이현진 버전 운수 좋은 날'이라고. 인력거꾼인 주인공에게 작은 행운이 계속 이어지지만, 결국 그날 아내의 죽음이라는 가장 큰 불행을 맞이한다는 소설 〈운수 좋은 날〉, 그날의 기억이 딱 그랬다. 시작은 바로 첫 턴을 성공했던 그날이었다. 6년 내내 실패하던 플립턴을 시합에서 처음 성공하고, 연속된 플립턴으로 800m를 완주했으며, 온전히 기록에만 신경 쓸 수 있었던 시합을 했던 날.

중학생까지는 소년 체전이 가장 큰 시합이고, 그 이후는 전국 체전이 가장 크다. 당시 중학교 3학년이었던 내게 가장 큰 이슈는 소년 체전이었기 때문에, 대회를 준비하는 한 달 동안 전지훈련을 떠났다. 보통 그런 훈련 일정이 잡히면 항상 엄마와 함께 했는데, 그 당시에는 아빠의 컨디션에 문제가 있다고 해서 함께할 수 없었다. 항상 든든한 버팀목이던 아빠의 건강 문제가 신경 쓰이긴 했지만, 얼마 전 복통 때문에 수술을 하기도 했기에 '그것 때문인가 보다.' 생각하며 자세히 묻지 않았다. 솔직히 큰 시합을 앞두고 있던 터라 신경을 많이 못 썼던 것도 사실이다. 또, 엄마가 훈련에 따라오지 않더라도 중요한 시합이 가까워지면 한 번쯤은 날 보러 왔기에 이번에도 그러려니 하며 오롯이 훈련에만 집중했다.

하지만 엄마는 시합이 가까워질 때까지 한 번도 만날 수가 없었다. 심지어 시합 당일조차 엄마를 볼 수 없었다. 어린 마음에 조금은 서운하기도 했지만 워낙 시합에 대한 부담이 있었기 때문에 거기에 크게 마음을 쓰지는 못했다.

그렇게 시합이 시작되었다. 여태껏 할 수 없었던 플립턴에 성공했고, 여태까지와는 비교도 되지 않을 정도로 좋은 기록까지 냈으니 그때의 그 기분을 어떻게 말로 설명해야 할지 모르겠다. 마음속으로 연신 '오예!'를 외치며 탈의실에 가자 친구들의 칭찬이 쏟아졌다. 친구들의 환호 속에서 곧장 엄마에게 전화를 걸었다. 그런데 시합에 오지 않은 줄로만 알았던 엄마는 이미 시합을 보고 집으로 돌아간 상태였다. '여기까지 왔다가 그냥 돌아갔다고? 왜 날 안 보고 그냥 갔을까, 무슨 일이 있나?' 싶었지만 이유를 물어도 별 대답이 없었다. 결국 소년체전이 끝날 때까지 엄마를 한 번도 보지 못했다.

체전이 끝나고 금의환향이라도 하는 기분으로 도착한 집은 내 기분과는 달리 차갑게 경직되어 있었다. 오랜만에 집에 돌아온 내게 엄마가 어렵게 입을 뗐다.

"현진아, 할 말이 있어. 너무 놀라진 마… 아빠가 아파."

"어디가 아픈데?"

"암에 걸렸어."

"뭐…? 그럼 아빠 죽는 거야?"

"바로는 아니고 3개월 정도 시간이 있대. 그런데 마지막으로 병원 한 군데만 더 가 보려고."

소년 체전 준비로 한창 바쁜 나를 배려한 부모님의 선택이었다. 엄마는 나를 보면 눈물을 보일 것 같았고, 말을 했다가는 혹여 시합을 앞둔 딸이 크게 동요할까 봐 차마 이야기조차 꺼낼 수 없었던 것이다. 딸의 시합 장소까지 왔다가 얼굴도 보지 않고 돌아간 엄마의 마음이 얼마나 복잡하고 찢어질 듯 아팠을지 상상도 가지 않았다.

'아빠가 암이라니. 말도 안 돼.' 너무 슬프면 오히려 눈물도 나지 않는다는 걸 그때 처음 깨달았다. 이미 시합의 좋은 결과는 머릿속 저 너머로 깨끗하게 사라진 지 오래였다. 오히려 그런 행운이 너무나 큰 불행의 전조였던 것 같았다.

이제는 당당하게 외칠 수 있다.
인생이 어떠한 선택지를 내밀든
긍정적으로 살고 싶다고.

우리 가족은 마지막 희망을 걸고 다른 병원에서 다시 한번 검사를 받았다. 그 병원의 검사 결과, 다행히도 암이 아니었다. 암 판정은 오진이었던 것이다. 어떻게 보면 작은 해프닝으로 그칠 수도 있는 기억이지만 솔직히 아직까지도 그날을 생각하면 마음이 너무 아프다.

그날은 내게 말 그대로 소설 〈운수 좋은 날〉이었다. 성공적인 소년 체전은 인생 최고의 기억이었지만, 가족에게 찾아온 불행한 소식은 최악의 기억으로 남아 있다. 생각해 보면, 최고와 최악은 항상 짝을 이뤄 다녔다. 크게는 수영이 그랬고, 작게는 그것을 버텨 내야 하는 매 순간이 그랬다. 행복이든, 행운이든 늘 불완전한 모습이었다. 그리고 알았다. 그 불완전한 모양은 스스로 선택해 채워야 한다는 것을. 최고의 기억은 내게 선수로서의 자신감을 주었고, 최악의 순간은 우리 가족을 조금 더 단단하게 만들어 주었다.

이제는 당당하게 외칠 수 있다. 인생이 어떠한 선택지를 내밀든 긍정적으로 살고 싶다고. 어떤 순간이든지 오롯이 즐기는 내가 되고 싶다고. 만약 그 시절의 나를 만날 수 있다면, 마음 따뜻하게 한 번 껴안아 주고 싶을 뿐이다.

권태기나
수태기나

어쩌면 당연한 질문일지도 모른다. 사람들이 내게 "좋아하는 수영 선수는 누구예요?"라고 묻는 것 말이다. 사실 고백하자면, 나는 딱히 좋아하는 수영 선수가 없다. 굳이 말하자면 카엘렙 드레셀(펠프스의 뒤를 잇는다고 평가받는 미국의 유명 수영 선수)을 꼽겠지만, 그저 '굳이 말하자면' 정도다. 좋아하는 영법은 뭔지, 가장 멋있다고 생각하는 영법이 뭔지 물어도 대답은 언제나 마찬가지였다. "없어요."라는 대답을 계속 내뱉다 보면 조금 멋쩍기도 하다. 변명을 하자면, 인생에서 꼭 하나를 정해 좋아할 필요가 있을까 싶어서다.

이런 나에게도 선망의 대상이 있다. 그건 바로 돌핀킥을 잘하는 사람이다. 돌핀킥은 뭐랄까, 물을 타는 법을 볼 수 있기 때문이라고 해 두자. 물속을 돌고래처럼 유영하는 모습을 보고 있자면 저마다 갖고 있는 근심과 걱정들이 발끝으로 쏟아져 나가는 기분마저 든다. 그러다 보면 이런 생각이 든다. '인생도 돌핀킥처럼 유연하게 살아야 하는 건 아닐까.' 하는. 여러 의미에서 수영과 인생은 닮은 점이 참 많다.

물속에서의 수영이든
물 밖에서의 인생이든
힘 빼기의 기술은 중요하다.

평소 강습할 때 도구에 의존하지 말라는 말을 자주 한다. 연애로 예를 들자면, 상대방에게 너무 많은 것을 의지하게 되면 막상 이별했을 때 찾아오는 공허함을 이겨 내기 힘든 것과 같은 이치다. 물론 시간이 지나면 어떻게든 살아가게 되지만, 그 고통의 시간을 견뎌 내기란 결코 쉬운 일이 아니다.

수영도 마찬가지다. 만약 "킥판 없으면 못해요."라는 생각이 든다면, 그건 스스로 도구에 많은 의존을 하고 있다는 뜻이 된다. 분명히 말할 수 있는 건, 사람의 몸은 킥판이 없어도 물에 뜬다는 사실이다. 단지 킥판이 없이 물에 뜨지 못할 것이라는 생각이 문제다. 연애도 수영도 무언가에 너무 많이 의존해선 안 되는 이유다.

킥판을 신봉(?)하는 사람들은 낯선 공간인 물속에서 킥판에 몸을 의지하며 앞으로 나아간다고 생각한다. 하지만 사실 알고 보면, 오히려 킥판 때문에 물의 저항을 정면으로 맞서며 나가는 꼴이다. 물론 처음 킥판을 놓아야 한다고 생각하면 두려움이 밀려와 맘처럼 쉽게 놓을 수 없다는 것을 잘 안다. 하지만 킥판을 놓아야 다음 단계로 넘어갈 수 있다는 것도 사실이다. 그러니 잊지 말자. 킥판을 놓는 것을 두려워한다는 건, 자신의 마음의 문제라는 걸. 또한 킥판을 놓을 때가 됐다는 건, 그만큼 물속의 당신이 성장했다는 말이라는 걸.

힘을 빼는 것도 그렇다. 수영의 절반은 '몸에서 힘 빼기'라고 해도 과언이 아니다. 지레 겁을 먹어 힘을 주면, 자동으로 그 무게만큼 물속으로 가라앉게 되어 있다. 인생 역시 그렇지 않은가? 유독 공을 들인 인간관계나 잘하고 싶다는 지나친 마음가짐이 때로는 독이 될 때가 있으니 말이다. 물속에서의 수영이든 물 밖에서의 인생이든 힘 빼기의 기술은 중요하다.

수영을 통해 모든 것을 알았다고 할 수는 없을 거다. 하지만 물속에서 시간을 보내거나 수영을 가르치는 동안, 이 수영을 통해 많은 것을 배운다는 생각이 들 때가 분명히 있다. 여러 생각이 들지만 그 중에서 가장 확실하게 깨달은 건, 인생과 수영은 둘 다 균형 감각을 가지고 접해야 한다는 것이다.

자유형을 잘 뜯어보면 어느 몸동작 하나라도 밸런스가 무너지면 몸이 무거워져 앞으로 나아갈 수 없게 된다. 오른팔과 왼팔은 물을 잡으며 상체를 앞으로 밀어 줘야 하고, 머리와 상체는 흔들림 없이 버텨 내며 오랜 레이스를 위한 호흡을 책임져야 한다. 또한 제2의 추진력이 되어 주는 발차기를 통해 적당한 무게감으로 물을 눌러 줘야 앞으로 나아가는 동력을 얻게 된다. 이렇게 머리부터 발끝까지 어느 하나가 더하거나 덜하지 않는 균형감이 있어야 '잘' 나아갈 수 있는 게 수영이다. 살아가는 데 있어서도 나와 주위 사람들, 나의 커리어 등 나를

포함한 주위 모든 것의 균형을 잘 잡아야 허우적대지 않는 게 아닐까.

의지하지 않기, 힘 빼기, 균형 감각 갖기 등은 비단 수영에만 국한되는 법칙은 아니라고 생각한다. 인생 역시 너무 많은 각오들이 오히려 인생의 과호흡을 가져 올 수 있다는 생각이 든다. 그렇게 찾아온 인생의 권태기나 수영의 권태기로 불리는 수태기나, 어찌 보면 이런 경직된 각오들에서 출발하는지도 모르겠다.

그러니 우리, 순간순간을 즐기며 살자. 즐긴다는 건 뭔가 거창한 게 아니다. 인생은 절대 앙코르 타임을 가질 수 없으므로, 과호흡이 오지 않을 정도로만!

'물 공포증'이라는 선생님

한때는 수영에서 벗어나고 싶어 발버둥을 치기도 했지만, 이러니저러니 해도 결국 수영은 떼려야 뗄 수 없는 존재다. 수영을 사이에 두고 애정과 애증이 밀당이라도 하듯 힘겨루기를 하는 사이, 수영은 인생의 많은 부분을 차지하게 되었다.

사실 물에 대한 공포를 추가 적립해 준 무서운 기억이 하나 더 있다. 고백하건대, 이때의 기억은 지울 수만 있다면 깨끗하게 지워 버리고 싶은 기억이기도 하다. 친구 겨라, 사라, 부모님, 친구 부모님과 함께 계곡으로 놀러 갔을 때의 일이었다. 친구들과 야외에 나왔다는 생각에 부풀어 오랜만의 자유와 자연의 느낌을 한껏 즐기고 있었다. 분명 처음의 기억은 그랬다.

식사 준비를 하는 부모님들 곁을 떠나 계곡에서 물놀이를 하고 있었다. 그때 물에 둥둥 떠 있는 친구의 튜브를 발견한 것이 사건의 시작이었다. 깊지 않은 물이겠거니 싶어 튜브 쪽으로 몸을 기울이자마자 순식간에 물웅덩이 속으로 빨려 들어갔다. 너무 급작스럽게 생긴 일이긴 했지만, 친구들이 곁에 있었기에 처음에는 심각하게 생각하지 않았던 것 같다.

하지만 지금 생각해도 소름끼치는 것들이 있다. 하나는 친구들이 물에 익숙한 내가 물놀이를 하는 정도로 생각했다는 것이고, 또 다른 하나는 물과 사투를 벌이는 그 순간에도 친구들의 덤덤한 일상 대화나 멀리 부모님의 화기애애한 목소리가 생생하게 들렸다는 것이다. 구멍의 급류 속으로 점점 빠져들어가며 허우적대는 나를 보고 사태의 심각성을 알아챈 친구들 덕분에 살아남기는 했다. 하지만 그 기억은 생각보다 죽음이 가까이 있다는 무서운 교훈과 함께, 물 공포증의 새로운 장을 만들어 주는 사건이 됐다.

아직도 그때를 생각하면 오금이 저린다. 살면서 처음으로 죽음의 공포를 직면한 날이기도 했고, 너무 일상적인 순간에서 맞이한 비극적 기억이었기에 꽤 오랜 시간을 겁에 질려 떨기도 했다.

하지만 지금 이 순간 그 기억을 써 내려가는 것은, 마음속에 남아 있는 물 공포증에 대한 조각들을 하나하나 토해 내며 다독이는 것과 같다.

수영하는 사람에게 물 공포증이 있다는 걸 의아하게 바라보는 이들도 있을 수 있다. 하지만 나는 물 공포증을 '선생님', 조금 쉬운 말로 '쌤'이라 부르고 싶다. 십 대 때는 분명 너무도

고통스러운 상실감을 준 녀석이기도 하지만, 돌이켜보면 이 녀석이 있었기에 더욱더 수영을 포기할 수 없었던 오기 같은 것도 있었다. 또한 다른 친구들이 볼 수 없었던 관점에서 물과 수영을 바라볼 수 있었고, 그 힘에 이끌려 즐겁게 강습할 수 있었다. 세상에! 말하고 보니 정말 그랬다!

만약 물 공포증을 가진 누군가가 나에게 수영 선수가 되고 싶다고 말한다면, 그에게 반드시 말해 주고 싶다. 당신은 꼭 할 수 있다고. 설령 결국엔 포기하게 된다고 해도, 그 도전은 어떠한 성공보다도 빛이 난다고. 물 공포증이 있든, 아니면 물을 좋아하든 오늘도 물속에서 스스로와 싸우며 버티는 것이 얼마나 힘든 일일지 잘 안다. 그래도 그렇게 버티는 모든 수영인들에게 말해 본다.

"힘들어? 그래도 우리 함께…
즐겁고 길게 수영하자!"

Lesson 2

나아가다

자존감을 찾아 준 멋진 신세계,
유튜브

러블리 스위머,
유튜버 되다

아직은 모르겠다. 수영이 내 인생을 어디로 이끌고 있는지.

긴 시간동안 수영은 무서운 존재이자 때론 인색하기까지 했으나 지금은 친구가 되었다. 분명한 건, 수영은 그 동안 알지 못했고 보지 못했던 세상으로 나를 인도하는 중이라는 거다. 가령 유튜브와 같은 세상이다.

어떻게 생각하면 유튜브를 시작하면서, '이현진'이라는 사람 자체보다 '러블리 스위머'라는 이름이 더 알려졌을지도 모르겠다. 구독자가 20만을 넘으면서부터는 앞으로 무엇을 어떻게 해 나가야 하는지 계속 고민 중이다.

사실 시작은 나답지 않게 철저했다. 막 수영 강습을 시작했을 때, 물을 무서워하던 한 아이를 우여곡절 끝에 물에 띄우고 나서 '가르치는 수영'에 대해 흥미가 붙은 게 발단이었다. 어린 시절의 나처럼 물 공포증을 가진 아이와 수영했던 그 시간이 큰 울림으로 남았고, "현진 쌤, 수영 잘 가르쳐 주셔서 고마

아직은 모르겠다.
수영이 내 인생을
어디로 이끌고 있는지.

워요." 같은 칭찬과 격려들이 조금은 움츠러들었던 수영에 대한 자신감을 회복시켜 주었다. 지금 생각해 보면 예의상으로 건넸을지도 모르는 칭찬의 말들이 그때의 나에게는 큰 힘이 되었던 것 같다. 그렇게 하루 이틀 쌓인 칭찬의 말은 가장 먼저 자신감을 쌓아 줬고, 그 후에는 목표를 하나 만들어 줬다. 그것은 바로 책 출간이다.

하지만 주변에 책을 내고 싶다고 말을 하면 꼭 이런 대답이 돌아왔다. "야, 책은 아무나 내는 건 줄 알아? 박사나 국가 대표 선수도 아닌데 신빙성이 없잖아." 무심한 듯 차갑게 던져진 말들은 심장에 쐐기라도 박는 듯 아팠지만, 틀린 말도 아니었다. 그때부터였던 것 같다. '신빙성'이라는 녀석을 만들어야겠다고 생각한 것이. 주변의 날카로운 지적들이 어쩌면 자극제가 된지도 모르겠다.

박사 아니어도 책 쓰는 거 보여 줄게!

호기롭게 다짐하긴 했으나 어떻게 해야 할지 막막했다. 어떻게 하면 책을 쓸 수 있을까, 어떻게 하면 내 경험을 잘 공유할 수 있을까, 그때는 그 생각을 가장 많이 했던 것 같다. 그렇게 고민을 거듭하다 결론을 내렸다. 우선은 자기 PR을 하자고. 처음엔 아프리카TV와 유튜브 플랫폼 사이에서 고민했다. 수영 강습이 많았던 나는 별도의 촬영과 편집을 할 수 있는 장점 때문에 최종적으로 유튜브를 선택했다.

그런 결정을 내렸을 때까지만 해도 여전히 누가 수영을 영상으로 보냐는 의견이 더 많았다. 그래도 사기를 꺾는 말들에 지지 않고 꿋꿋하게 계정을 만든 다음 영상을 올렸다. 그때가 2014년이었다. 누군가 "그런 걸 왜 해? 그걸 누가 봐? 수영은 수영장에서 하는 거지, 무슨 영상을 봐. 너 관종이지?" 할 정도로 부정적인 반응이 많았다. 말도 안 되는 핀잔에 화가 났지만 결과로써 보여 주겠다고 생각하며 이를 갈았다. 관종? 생각해 보면 그 말도 맞다. 사람들 사이에서 나는 언제나 조금 유별난 아이였다. 그래도 어쩌겠나. 자기 PR이 나쁜 것도 아니고, 가만히 있으면 내가 빛나는 돌이란 걸 남들이 알아 줄 방법도 없지 않은가.

그 당시만 해도 '수영 유튜버'란 꽤 생소한 것이었다. 그래서일까. 구독자 18명으로 시작한 'LOVELY SWIMMER' 채널은 하루하루 조금씩 늘어나는 구독자와 함께 무럭무럭 자라기 시작했다. 채널의 구독자가 늘어 가는 순간들이 너무 놀랍고 신기해, 매번 그 장면을 캡쳐하며 메모까지 했다. 그렇게 유튜브에서 조금씩 인지도를 쌓아 가자, 내게 관종이라고 했던 이가 넌지시 물었다.

"저기, 유튜브는 어떻게 시작해야 해?"

그 순간 기분이 묘했다. 쓸데없는 짓을 한다며 손가락질 하고 깎아내리던 이들이 태도를 바꾸고 있다니! 처음엔 그동안 쏟아진 유별나다는 취급과 상처 준 말들이 떠올랐고, 그다음으로는 '아, 나 지금 잘하고 있구나.' 하는 확신이 들었다. 수영을 잘하진 못했지만 그럼에도 불구하고 언제나 수영으로 이바지하는 사람이 되고 싶었던 내게 새로운 가능성의 문이 열린 거다.

그렇게 3개월 만에 천 명의 구독자가 생겼다. 생각해 보면 20만 명을 돌파한 지금까지, 쉬웠던 순간은 단 한 번도 없었다. 분명 많은 칭찬과 응원이 있었다. 하지만 일정하게 짜인 강습과 아이템 선정, 기획, 촬영, 그 후의 편집까지, 이 많은 것들을 혼자 해 나가야 한다는 부담감과 빡빡한 스케줄 탓에 생각처럼 쉬운 건 하나도 없었다. 무엇보다도 어렵게 작업해 올린 영상들에 악플이 달린 걸 보면 '내가 잘하고 있는 거 맞나?'라는 회의감이 들 때도 있다.

그럼에도 즐겁게 버틸 수 있는 건, 구독자들의 응원과 친구들이 있기 때문일지도 모르겠다. 구글 코리아와 영상을 찍으러 갔던 날에도 이런 응원을 들었다. "구글 코리아 직원들도 현진님 영상 보면서 수영을 배우고 있어요." 헉! 구글 코리아

그럼에도 즐겁게 버틸 수 있는 건,
구독자들의 응원과 친구들이
있기 때문일지도 모르겠다.

에도 구독자가 있다니! 생각지도 못한 가까운 곳의 인연에 떨듯이 기뻤다. 내 영상을 좋아해 주는 사람이 이렇게나 많구나 하는 깨달음과 감사함에 함박웃음이 절로 나왔다.

사람들이 싫어하진 않을까?

인생의 큰 기쁨을 가져다 준 유튜브이긴 하지만 고민도 있다. 새로운 유튜브 채널도 많이 생겼고 사람들의 취향도 제각각이다 보니, 올리는 콘텐츠마다 걱정이 된다. 무엇보다 수영이 아닌 영상은 업로드하기 전엔 꼭 '사람들이 싫어하지 않을까?'라는 생각이 드는 것이 사실이다. 첫 브이로그를 올리기 전에는 '러블리 스위머' 채널에서 수영 콘텐츠만 보길 원하는 사람들이 혹여 브이로그를 보고 싫어하진 않을까 정말 고민을 많이 했다. 하지만 이쯤에서 자기변호 한 마디를 하자면, '러블리 스위머는 그 자체로 나'라는 것! 그러니 원한다면 수영이든 일상이든 하고 싶은 대로 자유롭게 보여 줄 수 있어야 하는데… 글쎄.

유튜브를 통해 다른 사람들에게 수영을 가르쳐 주는 게 정말 좋았는데, 가끔은 괴로울 때도 있다. 나를 알지 못하는 사람들이 마치 잘 안다는 것처럼 악플을 달 때면 참 곤혹스럽고 신경이 쓰인다. 얼굴도 모르는 사람이 던지는 일방적인 적대감을 마주할 때마다 걷잡을 수 없는 회의감을 느낀다.

꼭 '정보'만 주는 사람이 되어야 한다는 것도 부담스럽긴 마찬가지다. '정보 제공자'가 아니라 그냥 하고 싶은 걸 하고 싶은데, 하고 싶은 걸 하면 또 악플이 달린다. 신경을 안 쓰려고 해도 슬금슬금 신경이 그쪽에 쏠리는 건 정말 별수 없다. 가끔은 유튜브가 타인의 눈치를 보는 공간이 된 느낌이 들 때가 있다. 그럼에도 즐겁게 버틸 수 있는 건, 구독자들의 응원과 친구들이 있기 때문일지도 모르겠다.

내게 붙여진 수많은 이름들 속에서

수영 선수, 수영 강사, 유튜버 '러블리 스위머'까지. 누군가 직업을 물을 때면 솔직히 망설여지기도 한다. 그런데 SNS에서 개그맨 박나래의 이야기를 듣고 해답을 얻었다. 누군가 그녀에게 '개그맨으로서 망가지는 모습, 바보 같은 모습을 보이는 게 창피하지 않냐?'는 질문을 했다. 그 질문에 박나래는 담담한 목소리로 이렇게 답한다.

"내 안에는 개그맨 박나래가 있고, DJ 박나래가 있고, 인간 박나래 등등 박나래가 정말 많다. 그래서 개그맨 박나래일 땐 망가지는 게 하나도 창피하지 않다."

그 말을 듣는 순간 머리를 세게 얻어맞는 기분이었다. 그동안 단 한 번도 그렇게 생각해 본 적이 없었으니까. 언제나 내면에 존재하는 수많은 나를 '이현진' 하나로 묶으려고만 했다. 하지만 나 역시 러블리 스위머 이현진일 수도, 수영 선수 이현진일 수도, 강사 이현진일 수도 있다. 이상하게 점점 숨 막히는 기분이 들었던 이유는 이 모든 '나'를 하나로 묶으려고만 했기 때문이 아닐까.

박나래의 말을 듣고 생각했다. '그래, 나는 티칭을 하는 이현진이고, 유튜버 이현진이고, 수영 선수 이현진이야. 내 안에도 다양한 모습이 있는 거지.' 하고. 지나치게 자신을 옭아매어 힘들어지는 순간엔 상황에 맞는 모습을 생각하면 상처를 덜 받지 않을까. 유튜브에 대한 권태기가 살짝 해소된 기분이었다.

솔직히 고백하자면, 여러 직업 중 '유튜버'라는 직업이 제일 좋다. 언제 어디서나 할 수 있고 다른 직업에 비하면 아주 파격적으로 나이 제한도 없으니까. 결정적으로, 내 마지막 꿈을 실현하기에 가장 좋은 직업이다. '수영하는 할머니', 상상만 해도 설렌다. 물론 지금 겪고 있는 영상 권태기를 잘 이겨낼 수만 있다면 말이다.

내 꿈을
소개합니다

지금에 와서 문득, 서툴렀던 처음과 언젠가 찾아올 마지막을 생각해 보면 마음이 참 이상하다. 뿌듯하기도 하고, 기대도 되고, 걱정도 되지만 왠지 잘 해낼 수 있을 것 같다는 근거 없는 자신감도 생긴다.

아무것도 모르는 초보 유튜버 시절에는 아이폰에 방수 케이스를 씌운 채로 촬영을 했다. 뭔가 콕 꼬집어 말할 수 없는 부분이 마음에 안 들긴 했지만, 그래도 전체적으로 봤을 땐 크게 나쁘진 않아서 계속 그 방식을 이어 갔다. 차차 시간이 흐르면서 조금씩 '아, 나도 더 좋은 영상으로 잘 보여 주고 싶다.'라는 생각이 들었다. 그때쯤 큰맘 먹고 고프로(액션캠)를 구입해 촬영했다. 그런데 이게 웬걸? 화질의 차원이 달랐다. 완전히 신세계가 펼쳐진 거다.

또, 초보 유튜버 시절엔 '내 유튜브 영상이 학교에서도 나왔으면 좋겠다.'는 나름의 원대한 목표가 있었다. 그를 위해 더 깔끔하고 눈에 잘 들어오는 영상을 만들려 많은 노력을 기울였다. 그중에서도 'Take Your Marks' 1화는 정말 애정이

간다. 혼자 기획한 장기 프로젝트이기도 했으니, 고생도 고생이지만 지금 생각해도 대견한 결과물이다. 그 영상을 준비하며 정말이지 수많은 갈등을 겪었다. 할까 말까 수도 없이 고민했고, 결국 '하자!'라고 결심하고 시리즈를 시작하기까지도 나름 긴 여정이었다. 하지만 1화를 계기로 오프닝부터 음악, 엔딩 멘트에 이르기까지의 기본 형식을 만들 수 있었다. 어쩌면 지금의 채널이 있기까지 가장 큰 토대가 되어 준 영상이 아닌가 싶다. 다른 건 몰라도 그 영상만큼은 많은 사람들이 봐줬으면 싶기도 하다.

지금까지도 유튜브 영상을 촬영하고 편집하는 데는 정말 많은 시간이 걸린다. 영상도 만들다 보면 유난히 잘될 때가 있고 반대로 유독 잘 안 될 때가 있는데, 편집에 쓸 소스가 충분하고 만족스러운 영상은 3일이면 완성하는 편이다. 하지만 정말 마음 같지 않을 땐 1, 2주씩 걸리기도 한다. 특히 수영 영상이 잘 안 풀릴 땐 촬영 후 일주일에서 보름까지 걸리는 것은 우습지도 않다.

이렇게 공을 들여 올렸는데 생각보다 조회 수가 잘 안 나오는 경우도 허다하다. 하지만 그럴 때마다 실망하는 편은 아니다. 사람이 살다 보면 그럴 수도 있지! 매번 조회 수가 많이 나오면 정말 좋을 거다. 하지만 꼭 그것만을 바라는 건 아니다.

만약 단 한 명에게라도 내 영상이 도움이 되었다거나 동기를 부여받았다면 난 그걸로 만족한다.

할머니 수영 유튜버를 꿈꾸다

이렇게 하나하나 정성을 들인 덕일까. 언제부터인가 주변에서도 내 영상을 보고 유튜브를 시작한 사람들이 생겨났다. 그 중에서도 특히 "너한테 동기 부여를 받았어."라고 해 주는 사람에게는 정말 뭐든 다 해 주고 싶은 마음이 생긴다. 누군가가 나를 인정해 준다는 것에서 큰 감사함을 느끼기도 하고, 똑같이 베푸는 걸로 그 마음을 보답하고 싶기도 해서다. 반대로 뻔히 서로의 존재를 알면서도 "쟤가 누군데? 아무것도 아니잖아."라며 존재를 무시하는 사람도 있다. 전자는 항상 응원하며 앞으로도 잘되길 바라곤 하지만 후자는 나도 똑같이 무시한다.

혹시 아직까지도 유튜브를 시작할까 고민하는 사람이 있다면 "생각만 하지 말고 얼른 시작하세요!"라고 말하고 싶다. 중요한 건 시작한다는 사실이다. 일단 시작한 다음 그게 자신에게 정 안 맞으면 이후에 안 하면 된다. 시작도 해 보지 않고 고민만 하기엔 시간이 너무 아깝지 않은가. 그러니까 '일단 해 보자!'라는 마음가짐이 중요하다. 두 번 고민할 것 없이 시작부터 한 다음 더 클 수 있으면 크는 거고, 아니면 아닌 거다.

누군가의 걸음을 떼게 하는 것,

그게 참 좋다.

그렇게 시작한 나도 여기까지 왔으니까. 그리고 이젠 '할머니 유튜버'가 되는 걸 목표로 하고 있으니까. 이런 말을 들으면 '웬 할머니 유튜버?' 하고 생각할 수도 있겠지만, '러블리 스위머'로서의 목표는 할머니가 된 후에도 수영을 하는 것이다. 할머니의 유튜브, 얼마나 멋진가? 그때쯤이면 또 새롭게 채널을 보고 있을 수영 새내기 구독자들에게 "할머니 수영 핏 장난 아니지?" 할 정도로 오래 수영을 하고 싶다. 손주와 수영을 하고, 남편과 새벽 수영을 가는 영상을 찍는 거다. 그렇게 천천히 재미있고 느리게 수영과 함께 늙어 가고 싶다. 또, 할머니 유튜버 러블리 스위머의 모습을 보고 늦은 도전을 고민하고 있는 누군가가 다시 걸음을 뗄 수 있었으면 좋겠다.

누군가의 걸음을 떼게 하는 것, 그게 참 좋다. 여기저기서 인터뷰를 할 때마다 유튜브를 하는 목적에 대한 답은 다 달랐지만, 결국 공통적으로는 '동기 부여'에 목적을 두고 있다. 처음에 가졌던 책 출간의 목표는 이미 이루게 됐으니, 이젠 '동기 부여'에 큰 목적을 두고 가려고 한다. 그러니까 우리 모두 수영하는 할머니를 꿈꿔 보도록 하자. 느긋하고 여유롭게 물을 느끼며 유유자적 수영하는 할머니, 할아버지, 그리고 물. 생각만 해도 마음이 따듯해지는 광경이다.

국가 대표는
아니지만

말이란 칼처럼 날카로운 날이 있어서 잘못 휘두르면 누군가의 마음을 크게 베고 만다. 수영을 하면서도 참 많은 말들을 들었다.

얼마 전에는 누군가가 "가장 아팠던 말이 뭐였어요?"라고 물어본 적이 있다. 그런데 이상했다. 질문에 답을 하려고 곰곰이 생각해 봤더니 딱히 떠오르는 말이 없었다. 살면서 한 번도 상처받지 않은 것처럼. 그런 건 절대 아닌데 말이다. 이런 건 억지로 떠올리려고 할 때는 떠오르지 않다가 자기 전 침대에 누워 있으면 문득 떠오를 때가 제일 많다. '아, 그때 그렇게 얘기할걸!' 하면서 말이다. 하지만 언젠가 아픈 말들을 무시하기로 한 순간부터는 기억에 남겨 두지 않는다. 이젠 나름대로 상처가 되는 말들을 잘 흘려 보내고 있는 것 같다.

아! 하지만 그런 얘기는 있었다. "국가 대표도 아니었으면서…"라는 말. 사실 똑같이 수영을 해도 사람마다 재능도, 잘하는 분야도 다르다. 나는 '선수로서의 수영'에 재미를 느끼지 못했고 어찌 보면 재능도 없었지만, '강사로서의 수영'은 재미

어쩔 수 없는 부분이잖아.
아쉽지만 괜찮아.
대신 난 다른 걸 더 잘하면 돼!

있었다고 말한 것과 같은 이치다. 모든 사람이 잘 아는 것처럼 나는 국가 대표가 아니다. 정말 죽을 만큼 노력했어도 안 되는 일이란 건 존재하기도 한다. 누군가 "국가 대표도 아니면서…" 하는 말을 들을 때나 그런 생각이 들 때면, "어쩔 수 없는 부분이잖아. 아쉽지만 괜찮아. 대신 난 다른 걸 더 잘하면 돼!" 하며 스스로를 위로하곤 한다.

쿨하게 넘기고는 있지만 아픈 말을 흘려 보내는 방법을 배우기 전까진 그런 말에 상처를 꽤 많이 받았다. 어린 시절엔 종종 '나는 왜 국가 대표가 될 수 없었을까?' 하고 곱씹기도 했는데, 지금 생각하면 그냥 그게 최선이었던 거다. 어차피 뒤늦은 후회는 소용이 없다. "그게 최선이었는데 뭘 더해? 난 그것보다 가르치는 걸 더 잘하니까, 티칭으로 뭔가를 더 보여 주자." 하면서 긍정적으로 다짐하는 편이다.

이럴 땐 기분 나쁘지 않은 별명을 떠올려 보는 게 최고다. 놀림에서 나온 말이긴 해도 애정이 있고, 웃으며 받아들일 수 있는 그런 말. 하루는 사람들이 내게 "어휴, 저 백미."라고 한 적이 있었다. 거기에 대고 "어휴, 백치미 아니길 다행이다." 하며 가슴을 쓸었더니 "아니, 백치미 맞다고!" 하는 답이 돌아왔다. 어떻게 받아쳐야 할까? 짧은 순간 고민하다가 입을 열었다. "음… 어쨌든 미(美)는 미잖아요. 그럼 된 거 아니에요?"

20XX년 X월 XX일 금요일

파트장님

오후 1:20

파트장님

이현진씨. 이건 무슨 경우인가요? 오후 1:20

사유서 작성하여 월요일 오전에
내 책상에 올려 놓으세요. 오후 1:20

다시는 나무에 수영복을
걸지 않겠습니다. 오후 1:25

백치미면 어떻고 백미면 어떻겠는가? 심지어는 '백미 쾌속'이라는 별명도 들어 봤는데!

'백미 쾌속'의 어원(?)은 회사 내에 위치한 수영장에서 일했던 시기에 있다. 그 수영장 바깥에는 자그마한 정원이 있었는데, 그곳에 수영복을 말리기 딱 좋은 나무가 있었다. 마침 사람이 없는 시간이기도 했고 수영복을 빨리 말리고 싶은 마음에 길게 생각하지 않고 냅다 널어 두었다. 그런데 불행히도 나무에 널린 수영복이 그곳을 지나가던 파트장의 눈에 띄고 만 것이다. 차마 잡아뗄 수도 없었다. 그건 누가 봐도 '이현진의 수영복'이었으니까! 곧장 불려 간 나는 파트장 앞에서 아주 된통 혼이 난 다음 '다시는 나무에 수영복을 걸지 않겠습니다'라는 사유서까지 쓰게 되었다.

이 시점에서 '백미 쾌속'이 탄생했다. 보통 혼이 난 후의 사람들은 자숙하거나 조용히 입을 다물고 있는 게 일반적인데, 나는 혼날 거 다 혼났으니까 됐다는 심정으로 해맑게 파트장님 옆에서 아이스크림을 먹자고 쫑알거렸다. 파트장님도 그 모습이 웃겼는지 너털웃음을 터뜨리며 "야, 너도 정말 '백미 쾌속'이다." 하며 한참을 함께 웃었다.

사실 사람과 사람 사이에서 가장 무서운 건 혼이 나거나 싸우는 상황 자체는 아니라고 생각한다. 서로 감정이 상한 채로 헤어지고, 그대로 멀어지는 것이 더 무섭다. 그래서 웬만하면 기분 상하는 일이 생기더라도 바로 "아까 미안했어. 말이 심했던 것 같아. 그것 때문에 오늘 집에 가서 마음 상하지 않았으면 해." 하며 먼저 풀려고 노력하는 편이다. 그러면 집에 가서 후회도, 상대와 멀어진 느낌도 많이 들지 않는다.

당연한 말이지만 그렇다고 해서 허구한 날 먼저 사과하고 매달리는 건 아니다. 어느 날은 '어휴, 그래. 나도 짜증나!' 하고 홧김에 돌아와 버릴 때도 있다. 하지만 꼭 그럴 때마다 걸음을 떼면 뗄수록 상대와 더 멀어지는 느낌이 든다. 그게 싫어서 말할까 말까 싶을 때면 그냥 말하는 쪽을 택하는 거다. 사람과 틀어지고 멀어지는 게 싫어서 설령 혼이 나더라도 '그래, 날 미워해서 혼내는 게 아니니까. 저 사람도 얼마나 불편할까. 내가 더 다가가야지.' 하고 생각하게 된다. 그런데 그걸 싫어하는 사람들도 있다. 그래서 한 번 해 보고 싫어하는 것 같으면 나도 더 이상 다가가지 않는다.

대부분의 사람은 먼저 다가와 주는 걸 반긴다. 먼저 화를 낸 사람들이라도 분명 마음속엔 상대에게 미안한 감정이 남아 있다. 예전에 한참 건방진 사춘기가 왔을 무렵의 일이다. 엄마 아빠가 막내인 나를 제대로 혼내지 못하니까 언니가 대신 체벌한 적이 있었다. 하지만 운동으로 이미 맷집이 강해질 대로 강해진데다가 한창 반항할 나이다보니, 맞자마자 반

항의 의미로 언니를 똑바로 쳐다봤다. 언니 입장에서 본 나의 그 눈빛… 참 열 받았을 것 같다. 그래서 한 대로 끝날 것을 두 대, 세 대 맞았다. 그럼에도 불구하고 잠시 후, 언니에게 먼저 다가가서 "언니, 나 괜찮아. 안 아파." 하고 말을 걸었던 기억이 난다. 언니도 그 말을 듣고 나서야 눈물이 터져 미안하다며 엄청나게 울었다. 이런 성격 덕인지 조금 밉게 행동해도 마지막엔 이미지가 사르륵 미화되고 마는 경우가 많다.

말 한 마디, 한 마디가 이래서 정말 중요한 거라 생각한다. 어떤 말을 선택할 것인지는 자기 자신에게 달려 있다. 혹여 사과 한 마디 먼저 건네는 게 어렵다면, 적어도 다른 사람을 말로 찌르지는 않았으면 좋겠다고 항상 나 자신부터 다짐하곤 한다.

현진이는
저녁형 인간

꽤 자주 받는 질문 중에 이런 게 있다. "언제 수영을 하는 게 최선의 선택일까요?" 참으로 어려운 질문이 아닐 수가 없다. 우선 새벽 수영과 저녁 수영의 장단점부터 간단하게 이야기하자면, 해뜨기 전에 일어나 몸을 움직여야 하는 새벽 수영은 새나라의 어린이(?)가 된 것처럼 뿌듯한 기분이 들지만 익숙해질 때까진 체력적으로 힘이 든다. 저녁 수영의 경우 일과를 마친 후 느긋한 기분으로 수영을 만끽할 수 있지만 늦어지는 식사 시간 등의 부작용이 있을 수 있다.

이런 질문을 받으면 새벽 수영을 추천하는 편이다. 일하다 보면 새벽 강습을 하는 날도 있고 저녁 강습을 하는 날도 있어서 그 차이를 잘 아는데, 상쾌하게 일어나 수영으로 하루를 여는 기분이 참 좋다. 또 새벽 강습을 할 때는 삶 자체가 바른 생활이 된다. 눈 뜨면 샤워부터 하고, 제 시간에 아침 식사하고, 하루 일과를 보내고, 저녁에 일찍 잠들고… 얼마나 건강하고 규칙적인 삶인지 모른다.

새벽 수영의 장점은 아마 열 손가락을 다 꼽아도 모자랄 것이다. 그중에서도 수영장 물이 깨끗하다는 게 가장 좋다. 부유물이 모두 가라앉은 고요한 수영장은 마치 청소기를 돌린 직후의 집과 같다. 수영장 물 자체가 그리 깨끗하진 않지만, 상대적으로 저녁보다는 새벽이 깨끗한 편이다. 그리고 새벽에는 물기가 모두 말라서 뽀송한 킥판을 잡을 수 있다. 뭔가를 새롭게 시작하는 그 느낌, 그게 새벽 수영만의 묘미가 아닐까?

꼭 장비나 수질 때문이 아니더라도 아무도 없는 수영장에 먼저 들어가는 순간의 쾌감도 짜릿하다. 텅 빈 고속 도로를 질주하는 기분이랄까. 그땐 '와, 나 새벽에 일어나서 수영장 왔다!' 하는 왠지 모를 성취감까지 생긴다.

하지만 "그래서 너는 언제 할 건데?"라고 묻는다면 그냥 아침에 자고, 아점 먹고, 하루 종일 놀다가, 저녁에 수영하고, 밤늦게까지 시간을 마음껏 보낼 수 있는 저녁 수영을 택할 것 같다. 참고로 저녁 수영의 가장 큰 장점을 하나 꼽자면 바로 모임, '친목 동호회'가 아닐까 싶다. 수영도 수영이지만 수영을 통해 친구를 만들거나 여러 활동을 하고 싶은 사람들에겐 저녁 수영을 추천한다.

가끔 새벽 수영이 체질적으로 안 맞는다고 하는 사람들도 있긴 한데, 새벽 수영과 안 맞는 체질이라기 보다는 그냥 새

벽에 일어나는 게 힘들어서가 아닐까? 새벽 수영에 대해 말할 때마다 드는 생각인데, 꾸준하게 새벽 수영을 하는 사람들은 정말 대단하다고 생각한다. 뭘 해도 될 사람들이란 이런 사람들을 말하는 게 아닐까 싶을 정도랄까.

대부분 새벽 수영을 하면 무엇보다도 피곤하다는 걸 가장 큰 단점으로 느낄 것이다. 하지만 똑같이 하루가 길게 느껴지는 걸 두고도 어떤 사람은 '하루가 길어져서 좋다'고 말할 수 있고, 어떤 사람은 '하루가 너무 길다'고 말할 수도 있다. 결국은 받아들이기 나름이라는 거다.

무슨 일이든 모두 나름의 장단점이 있다. 각자 자신의 생활 패턴에 맞춰, 혹은 지향하는 하루 일과에 맞춰 시간을 정하면 그게 답이다. 복잡할 건 아무것도 없다. 아침형 인간은 새벽 수영, 저녁형 인간은 저녁 수영을 하면 되는 거다. 그래도 한 번쯤은 새벽 수영을 해 보기를 바란다. 혹시 모르지 않나. 새벽 수영의 매력에 퐁당 빠져 아침형 인간으로 탈바꿈할 수 있을지도. 물론 나는 끝까지 저녁 수영 편이지만!

수영에
완벽한 타이밍은 없다

새벽 수영을 하느냐 저녁 수영을 하느냐를 따지는 것만큼 수영에서 중요한 건 계절일 것이다. 어떤 계절이든 할 사람은 다 하겠지만, 수영은 물속에서 하는 운동이다 보니 날씨와 계절이 중요하게 여겨지기도 한다.

보통 수영장은 운동하기 딱 좋은 온도에 맞춰져 있다. 하지만 선수들이 훈련하는 수영장 같은 경우에는 26도 정도로 수온이 굉장히 낮다. 심지어 여름이라도 새벽 훈련을 위한 첫 입수 때 26도는 겨울만큼이나 춥게 느껴진다.

입수 팁을 굳이 공유하자면, '이냉치냉' 방법이 있다. 말로만 들으면 거창하게 들리지만, 차가운 물에 들어가기 전 더 차가운 물을 몸에 뿌리는 방법이다. 샤워기도 좋고, 양동이나, 하다못해 종이컵도 좋다. 이건 흡사 '수영 선수판 조삼모사'가 아닌가! 어차피 추운 건 똑같을 텐데 물에 딱 들어가는 찰나가 너무 춥게 느껴지니까 미리 찬물을 뿌리고 들어가는 꼼수인 거다. 선수 시절엔 새벽 입수 전 삼삼오오 모여 양동이에 물을 담아 뿌리거나 정수기 물을 뿌려 첫 입수할 때의 추위를 이

여름 수영이든, 겨울 수영이든
행복하게 웃으며 하자는 마음을 잊지 말자.
그게 바로 'Fun SWIM'이다.

겨 보고자 했다. 지금 생각해 보면 바보 같은데, 그 당시엔 그게 최선이었다. 그만큼 겨울 수영은 힘들다.

그 시절, 새벽 수영을 마치고 움츠러든 우리를 보고 겨라 어머님이 한 말씀이 있다. "숨을 시원하게 들이마셔 봐! 아침을 시작하는 첫 공기라고 생각하면 그렇게 움츠러들지만은 않을 거야." 당시에는 의미를 알 수 없어 고개를 갸우뚱 했던 그 말. 이제 조금은 알 것도 같다. 무엇보다 새벽 특유의 냄새와 공기가 몸속까지 들어와 시원하게 훑고 나가는 느낌, 나쁘지 않다. 이런 점에서 새벽 수영과 겨울 수영은 닮았다. 받아들이기에 따라 다르다는 점이 말이다.

물론 겨울에 따뜻한 이불에서 나와 차가운 물속으로 들어가는 게 몸서리 쳐지도록 싫겠지만 막상 수영을 끝내고 나면 분명 개운한 기분이 들 거다. 게다가 겨울 수영이 너무 춥고 힘들어서 그렇지, 사실 여름 수영도 북적거리는 인파를 헤치며 수영해야 한다는 단점이 있다. 그럴 땐 차라리 실내 수영장보단 야외에 나가 수영을 하고 싶어질 때도 있다.

새벽 수영이든, 저녁 수영이든, 여름 수영이든, 겨울 수영이든 행복하게 웃으며 하자는 마음을 잊지 말자. 그게 바로 'Fun SWIM'이다.

매너가
수영장을 만든다

영화 '킹스맨'에서 배우 콜린 퍼스가 말했다. "매너가 사람을 만든다(Manner maketh man)." 하지만 나는 이 대사를 조금 다르게 얘기하고 싶다.

"매너가 수영장을 만든다!"

독점해서 사용할 수 있는 개인 수영장을 갖고 있지 않는 한, 수영장에 갈 때 수영복만큼 열심히 챙겨야 하는 건 바로 매너다. 매너라고 해서 꼭 거창하거나 대단한 건 아니다. 아주 기본적인 매너로는 '샤워하고 입수하기'가 있다. 이렇게 사소한 것까지 얘길 하나 싶을 수도 있겠으나 이것 역시 의외로 지키지 않는 경우가 빈번하다. 머리까지 빡빡 감고 들어오라고 한다면 지나치게 엄격한 거겠지만, 그래도 가벼운 샤워는 하고 입수하는 것이 매너가 아닐까 한다.

다음으로는 레인을 잘 보고 들어가는 것도 강조하고 싶다. 눈앞에 있는 레인이 자유 수영 레인인지 강습 레인인지 아니면 걷기 레인인지 확인하고 목적에 맞는 레인에 들어가야 한다. 추가적으로 수영장은 시계 반대 방향으로 진행된다는 것도 기억하면 좋다. 수영장 바닥에는 턴 지점과 중앙을 알려 주는 T선이 있다. 바닥의 T선을 잘 확인해서 출발하는 사람에게 방해를 주지 않도록 조심해야 한다. 몇 가지 상황만 잘 인지하고 있어도 수영장에서 일어나는 회원들 간의 사소한 트러블을 절반 가까이 막을 수 있을 듯하다.

참, 한 가지 더! 자신이 쓴 킥판은 자신이 원래 자리에 가져다 놓아야 한다는 것. 이건 정말 글자 그대로 '매너'의 영역에 해당한다고 생각한다. 가끔 보면 킥판을 사용한 후 치우지 않고 가 버리는 사람들이 참 많다. 심지어 라이프 가드를 킥판 정리하는 사람으로 여기는 사람들도 많다. 라이프 가드는 말 그대로 '가드'다. 예상치 못한 돌발 상황이 일어나 응급 처치가 필요할 때 도움을 줄 수 있는 사람들이라는 뜻이다. 언젠가 라이프 가드에게 "저 킥판 갖다 주세요."라고 말하는 걸 들은 적이 있는데, 라이프 가드를 그렇게 대하는 것은 정말 무례한 일이라고 생각한다.

그 외 보너스 매너들에 대한 얘기도 있다. 먼저, 당연하지만 수영장에는 음식을 들고 들어가면 안 된다. 부스러기를 흘리면 위생에도 좋지 않을뿐더러 다른 사람들에게도 민폐가 된다. 또 밴드 혹은 파스는 꼭 떼고 들어가야 한다. 어쩔 수 없

이 붙이고 들어가야 한다면 떨어졌을 때 꼭 주워서 휴지통에 버리도록 하자.

마지막으로 수영하는 모습을 촬영하고 싶다면 수영장의 허가를 받아야 한다는 점이다. 요새 수영하는 모습을 촬영하는 사람들이 아주 많아졌는데, 사실 수영은 최소 부위를 가리고 하는 운동이다 보니 촬영에 대한 제재가 엄격한 편이다. 그렇기 때문에 촬영을 하기 위해선 수영장 측과 합의가 되어 있어야 하고, 불가능하다면 촬영이 가능한 수영장을 수소문해 찾아가야 한다.

거창하게 '매너'라는 말로 시작했지만, 적다 보니 정말 별거 아닌 것들이 많다. 서로 부대끼며 지내는 좁은 수영장이니 작은 매너부터 지키면서 민폐가 되지 않도록 노력하자. 아주 사소한 매너가 수영장의 분위기를 만든다.

다이빙과
배치기

하이 다이빙은 참 매력적이다. 단, 직접 하지 않고 눈으로 봤을 때만 그렇다. 높은 데서 떨어지는 느낌이 정말 별로라, 나는 놀이 기구도 거의 타 본 적이 없을 정도이다. 그런데 다이빙은 그런 느낌을 안전바도 없이 온몸으로 고스란히 느껴야 한다. 그래서 반드시 필요한 경우가 아니라면 웬만하면 다이빙을 피해 다녔다.

하지만 그렇게 기피하던 다이빙을 끝끝내 하게 된 적이 있는데, 다름 아닌 라이프 가드 자격증을 딸 때였다. 그날을 이야기하려고 하면 지금도 화가 난다. 지금은 어떻게 되었는지 잘 모르겠지만, 그 당시 라이프 가드 시험에 다이빙은 필수 항목이 아니었다. 그런데도 담력 테스트를 하겠다며 7m 다이빙을 시키는 상황이었다. "시험 항목에 다이빙이 없으면 저는 안 하고 싶어요. 다이빙을 정말 무서워해요."라고 사정을 이야기했다. 그래도 노력하는 모습은 보여 주자는 마음으로 다이빙대까지는 올라갔지만, 덜컥 겁이 나서 더는 못하겠다는 의사를 밝혔다. 하지만 그런 내 말이 장난처럼 느껴졌던 걸까. 잠시 등을 돌린 찰나, 강사가 그대로 물속으로 밀어 버렸다.

그때의 분노를 누가 상상이나 할 수 있을까? 그 당시 기분은 아직도 생생하다. 몸은 중력의 영향으로 수면을 향해 가속하여 내려가는데, 심장은 머리 쪽으로 역행하는 기분이 들었다. 심지어 뛰어내리는 시간은 1초도 안 됐다는데 체감 시간은 1분 이상이었다. 그래서 물속에서 올라오자마자 그대로 교육장을 나와 버렸다. 그렇다. 이렇게 또 다른 트라우마가 생겨 버렸다.

이 이야기를 왜 하냐고? 다 이유가 있다. 우리가 경영(기록 경기를 하는 수영의 영법. 자유형, 평영, 배영, 접영 등)을 하면 다이브를 배우게 되는데, 이 다이브란 건 꽤 위험하기 때문이다. 수영장에 가 보면 아마 벽에 '다이빙 금지'라는 표지를 어렵지 않게 찾을 수 있을 거다. 오랫동안 수영을 즐기고 싶다면, 호기심에 되는 대로 뛰는 것보다는 지도하에서 안전하게 다이빙을 배우는 쪽을 권하고 싶다.

다이빙 시 '손끝 → 머리 → 허리 → 다리 → 발끝' 순서대로 입수가 되는데, 사람은 본능적으로 머리를 보호하려는 행동을 하기 때문에 처음에는 머리부터 입수하는 것이 어렵고 두렵게 느껴질 수 있다. 그럴 때는 앉아서 머리부터 입수하기, 낮은 자세로 다이빙하기 등 단계를 밟아 배우면 어렵지 않게 기술을 습득할 수 있다.

사실 스타트 다이빙은 점프가 아니라 블록을 미는 것에 가

깝다. 그런데 많은 사람들이 이걸 점프라고 생각하기 때문에 오히려 수직으로 떨어지며 일명 배치기를 하게 되는 거다. 스타트 할 때 무게 중심을 앞으로 두고 손끝부터 순차적으로 입수한다고 생각하면 두려움을 줄일 수 있다.

다이브를 처음 하는 사람이라면 배치기의 마수에서 벗어나는 게 쉽지 않다. 머릿속으로는 완벽한 다이빙 자세를 생각하고 있어도 결말은 배치기가 될 가능성이 크다. 그런데 사실 다이빙이 익숙해지면 오히려 배치기가 훨씬 더 어렵게 느껴진다. 전에 강습을 하면서 "여러분, 배치기 하면 얼마나 웃긴지 보여 드릴까요?" 하고 당당하게 물에 뛰어든 적이 있었다. 그런데 이상하게도 배치기가 안 되는 거다. 수영, 참 쉽지 않다고 말은 하지만 심지어 배치기도 쉽지 않다니!

사람은 위험으로부터 자신을 보호하려는 본능이 있다. 의도가 어쨌든 내 머리는 배치기를 했을 때 배에서 사과가 쪼개지듯 쩍 하는 소리가 날 것이라는 것과, 목젖은 마치 족발당수를 맞은 것처럼 멍멍할 것이라는 걸 너무 잘 알고 있으니 배치기라고 쉽게 될 리가 있겠는가. 강습생들이 웃으며 "선생님, 지금 뭐하신 거예요? 본능적으로 너무 잘 들어갔는데요." 하자 본능적으로 그랬다는 말에 너무 격하게 공감한 나머지 괜히 멋쩍어져서 한바탕 웃어 버렸다.

배치기의 종류는 크게 두 가지가 있다. 첫 번째는 목욕탕에

스타트 할 때 무게 중심을 앞으로 두고
손끝부터 순차적으로 입수한다고 생각하면
두려움을 줄일 수 있다.

서 마사지할 때 나는 빈 공기 소리와 두 번째는 배가 사과처럼 쪼개지는 아주 날카로운 소리를 내는 배치기다. 전자는 소리는 크지만 아프지는 않다. 반면 후자는 날카로운 소리에 걸맞게 배에 새빨간 자국을 남긴다. 심지어 그 날카로운 배치기 소리를 듣다 보면 나뿐만 아니라 다음 스타트를 기다리는 강습생들에게도 아픔이 느껴진다.

가끔 스타트를 가르치다가 문득 강습생들을 보면, 장난스러운 생각이 들기도 한다. 사람들이 배치기를 너무 열심히 해서 배가 다 빨개져 있는데, 그 모습이 꼭 노릇노릇 잘 구운 스팸 같이 보이기 때문이다. "미안한데, 지금 여러분 배 스팸 같은 거 알아요?" 하면 다들 빵 터지면서 배를 문지른다.

이미 뛸 때부터 자신이 배치기를 할 거라는 걸 알고 있지만 몸을 제어할 수가 없는 경우도 많이 본다. 이런 경우에는 시작과 동시에 "으아악!" 하며 입수하기도 한다. 처절한 입수의 광경을 보고 있다가 뱃가죽이 마비될 정도로 웃음을 터뜨린 때가 한두 번이 아니다.

웃자고 한 얘기긴 하지만, 어쨌든 배치기는 정말 위험하다. 책을 쓰려고 배치기를 한번 연습해 본 적이 있어서 잘 안다. 당당하게 턱을 들고 배치기를 했다가 배에 멍이라도 든 것처럼 너무 아파서 한동안 고생했다. 그러니 항상 기억할 것. 스팸이 되지 않기, 그리고 입수 각을 잘 지키기이다.

물을 대하는
완벽한 자세?

수영을 전혀 모르는 사람에게 물을 대하는 방법에도 여러 가지가 있다고 하면 “그렇게나 복잡해?” 하며 어리둥절해 한다. 수영을 그저 물속에서 손을 휘젓고 발로 물장구를 치는 것으로 쉽게 볼 수도 있다. 하지만 조금만 보면 물타기와 물잡기를 제대로 한다는 게 결코 만만한 일이 아니라는 걸 알 수 있다.

먼저 물을 잘 타려면 형태 저항을 최소화해야 하는데, 그게 바로 수영 강사님들이 말하는 ‘스트림라인(유선형) 자세 유지’이다. 쉽게 말해, 아무리 좋은 노를 가지고 있고 노 젓기 기술이 뛰어나도 배 바닥 자체에 굴곡이 심하면 물의 저항을 많이 받아 앞으로 나가는 데 어려움이 있다. 반대로 배 바닥이 매끈하고 튼튼하다면 노를 조금만 저어도 젓는 만큼 앞으로 잘 나아갈 수 있을 것이다. 유선형 자세 유지는 곧 자신의 몸을 매끈한 배로 만드는 것과 같다.

물잡기의 경우, 대표적으로 S자와 I자로 나눌 수 있다. S자 스트로크는 동선이 길고 캐치 위치가 낮기 때문에 어깨에 부

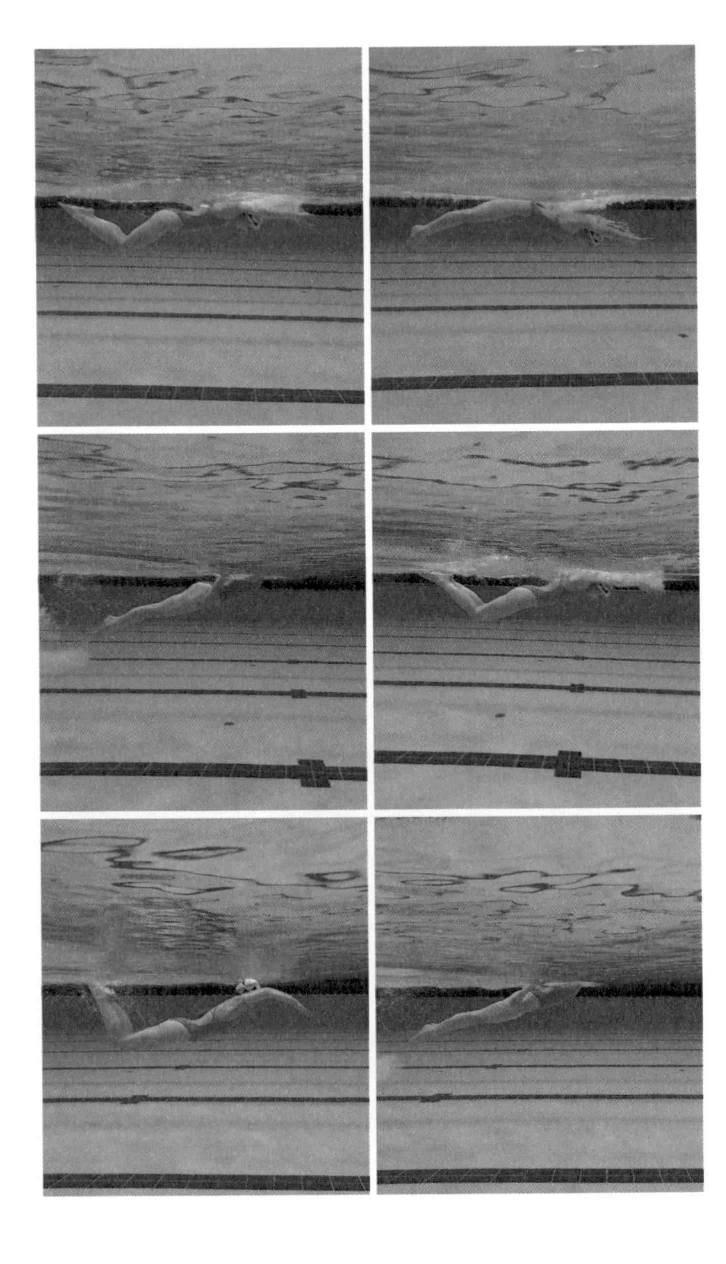

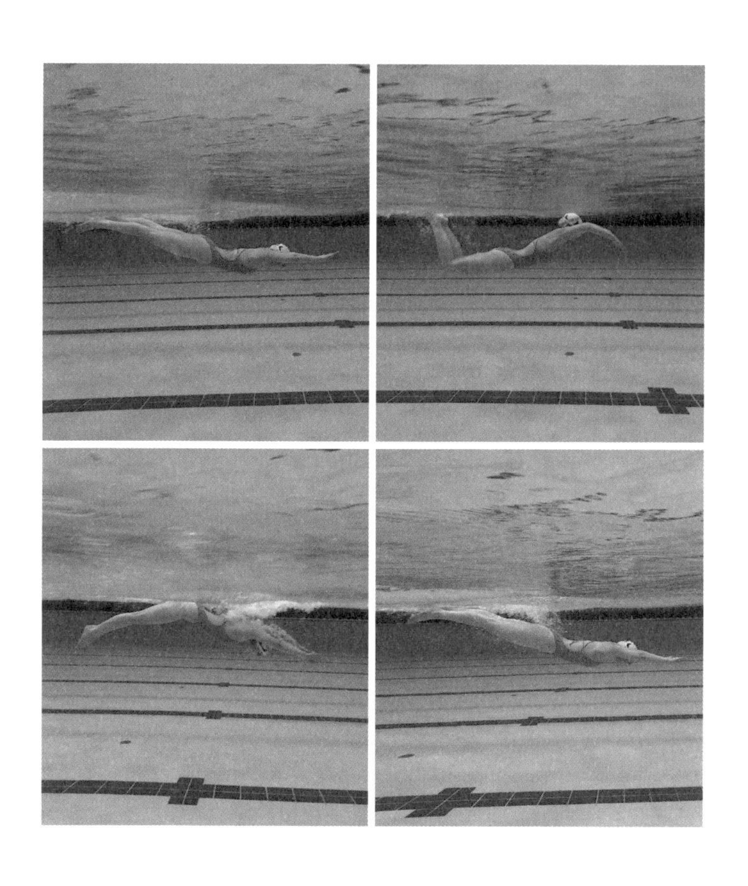

각 단계마다 배워야 하는 것이 다르듯이,
물과 수영을 대하는 자세도
레슨 레벨마다 다르다.
그러니 절대 조급해 할 필요도,
서두를 필요도 없다.

담이 적지만, 스트로크 속도가 빠르지 않고 좌우로 몸통이 움직일 수 있다는 단점이 있다. I자 스트로크는 매우 직관적이고 머리 위에서 잡은 물을 직선으로 밀어내기 때문에 어깨에 부담이 크지만, 스트로크 속도가 빠르고 좌우로의 몸통 움직임이 적어진다는 장점이 있다.

스트로크의 기술을 아는 것도 중요하지만 더 중요한 것은 지금 나에게 맞는 물잡기를 찾는 것이다. I자는 말했다시피 어깨 부담이 크기 때문에 기본 근력이 부족한 상태에서는 부상의 위험이 있을 수 있다.

결국 이러한 물잡기도 유선형의 자세가 잘 유지되었을 때 비로소 온전히 빛을 발한다. 유선형을 잘 유지한다면 10이라는 물을 밀었을 때 10만큼 앞으로 나간다. 그러나 유선형을 유지하지 않아 형태 저항을 많이 받게 되면 10이라는 물을 밀어도 5밖에 나가지 않는다. 그렇기 때문에 물잡기를 제대로 하려면, 먼저 유선형 자세를 유지하고 익히는 게 순서다.

많은 사람들이 유선형 유지보다는 물잡기 모양에만 많은 시간을 할애한다. 유선형 유지가 잘 되어 있는 상태에서 물을 잘 잡아 밀면 마치 서핑하면서 파도에 맞춰 쭉 나아가는 것과 같은 느낌이 든다. 바다의 물길을 따라 굳이 몸을 움직이거나 팔을 휘젓지 않아도 파도가 밀어주는 기분, 그 짜릿함을 알아

야 제대로 수영을 할 수 있다.

처음부터 조급해 하며 물잡기를 통한 형태적 완벽함을 추구하기보단, 유선형 자세를 잘 유지해서 형태 저항을 줄이는 것에 좀 더 집중하는 것이 중요하다는 말이다. 각 단계마다 배워야 하는 것이 다르듯이, 물과 수영을 대하는 자세도 레슨 레벨마다 다르다. 그러니 절대 조급해 할 필요도, 서두를 필요도 없다.

그리고 유선형 자세 유지하기가 잘된다면 그다음 신경써야 할 것은 물잡기가 아니라 피니시이다. 수영할 때는 우선순위가 있다고 생각하는데 '유선형 유지 → 킥 → 피니시 → 풀(손동작) → 캐치' 순이라고 생각하면 좋겠다.

영법을 생각하다가

영법에 대해서 할 말이 참 많지만 간단히 정리하자면 이렇다.

접영과 평영은 마치 연애하는 느낌과 비슷하다. 머리로는 타이밍을 이해하지만 마음처럼 쉽게 따라 주지 않는 접영킥의 타이밍이 닮았고, 한 번의 스트로크 후 글라이드하며 나아가는 평영은 상대를 배려해 주는 기다림의 미학과 비슷하다. 억지로 저을수록 앞으로 나아가지 않고 힘만 들어 제풀에 지치는 것이 특히 그렇다. 이처럼 평영과 접영은 연애와 닮았다. 배영과 자유형은 앞으로 나아가는 일상과 닮은 느낌이다. 지금 내가 어디로 향하는지 매순간 앞을 똑바로 보며 나가기는 어려워도, 정해진 이정표를 보며 차곡차곡 앞으로 나아가는 그런 느낌이다. 그래서인지 가끔은 마라톤 하는 기분이 들기도 한다.

특히 배영은 한 치 앞도 볼 수 없는 삶과 같다. 잘 가고 있는 건지 확인하기가 쉽지 않아서 더욱 그렇다. 특히 수영에 익숙한 나도 배영 중의 터치는 언제나 두렵다. 언제까지 가야 하지, 부딪치는 거 아닐까 하는 불안함이 가시질 않는다. 이런 불안을 가지고 쉼 없이 팔을 젓는 배영은 쉬는 순간조차 계속 팔을 휘저으며 나아가야 하는 우리 인생 같다.

사실 어떤 자세든 자신이 생각하는 '완벽한' 자세는 잘 안 나오는 게 당연하다. 수영 선수들도 그렇다. 간혹 자신의 수영 영상을 보고 "헉, 나 수영 이렇게 해?"라고 되묻는 사람이 많다. 물론 선수들이니까 천천히 수영할 땐 자세가 괜찮은 편이지만, 빠르게 수영을 하면 금세 흐트러진다. 선수들도 그러는데 보통 사람들이 그런 생각을 하는 건 너무도 당연한 거다.

다들 완벽한 자세, 수영 선수 같은 자세에 집착하지만 그전

에 언제나 기억해야 할 것은 'Fun SWIM'이다. 잘하지 않아도 즐겁게 해야 한다. 욕심을 내려놓으면 할 수 있는 것들이 훨씬 많아진다. 그래서 수영의 매력은 한없이 크다. 힘을 빼고 할 수 있는 모든 것들을 만끽하자. 즐거운 마음으로!

수영은
속도보다 방향이다

열 살 무렵 첫 시합에 나간 후 수영 선수로 청소년기를 보냈다. 내내 물을 무서워했던 내가 기록에도 신경을 쓸 수 있게 된 건 고등학생이 된 후부터였다.

고등학교 때는 훈련을 정말 열심히 했다. 시간이 좀 걸리긴 했어도 턴에 성공한 후 그나마 약간의 평온을 찾을 수 있었다. 하지만 여전히 '물'은 쉽지 않은 상대였고, 상대적으로 채울 수 없는 갈증을 채워 나가기 위해 더 열심히 훈련을 했다. 그나마 다행인 건 예전의 무서움이 80이었다면, 고등학생 때는 30 정도로 줄어들었다는 점이다. 훈련을 열심히 해서인지, 턴을 성공해서인지는 정확히 알 수 없어도. 물이 조금씩 가깝게 느껴지기 시작한 건 그때부터였다.

그제야 조금씩 깨닫게 된 기록 단축의 기쁨은 생각보다 컸다. 다이어트로 살을 빼는 것보다 기록 단축의 기쁨이 훨씬 컸달까. 물론 첫 시작점이 중요하긴 하다. 처음에 50m를 1분대에서 시작해 단축에 도전했다면 어렵지 않겠지만, 30초에서 시작했다면 시간 단축은 결코 쉽지 않을 것이다. 대신 까다로운 만큼 기쁨은 크다. 30초에서 0.1초라도 기록 단축에 성공했다면 다이어트 1kg 감량의 기쁨과 맞먹는 수준이라고 보면 된다. 그렇다면 1초를 단축하면 10kg을 감량한 기쁨이지 않을까? 0.1초든 0.01초든 별거 아닌 것 같아 보일 수도 있지만, 시합에서는 그 0.01초 때문에 승부의 판가름이 난다. 선수들이 그 찰나의 순간에 예민한 것은 어찌 보면 당연한 거다.

이제 눈치를 챘겠지만, 내 수영의 목표는 언제까지나 'Fun SWIM'이다. 기록 단축의 기쁨은 이루 말할 수 없이 크지만, 팀원들에게 기록 단축을 닦달하지 않는 이유다. 물론 처음 팀이 생겼을 땐 의욕이 앞서서 선수들이 하는 훈련을 최대한 접목시켜 보려고 했다. 차별화를 두려는 작전이었지만 머지않아 이런 방법을 유지하는 것도 생각보다 쉽지 않다는 걸 깨달았다. 연령대가 다양한 만큼 팀원마다 개인의 역량 차이가 크기도 했고, 기록에 대한 스트레스로 운동을 포기하는 것보다는 꾸준히 수영을 하는 게 중요하다고 판단했다. 그래서 모두 함께 만족할 수 있는 프로그램을 기획하다가 각자의 상황에 맞는 운동을 스스로 선택할 수 있는 방향으로 전환했다. 또한 각 성향과 상황에 맞춰 훈련반을 단거리와 장거리로 나눠 운영하는 것도 이런 이유를 반영한 결정이었다. 물론 개중에는 시합을 나가고 싶어 하지 않는 사람도 있다. 딱히 시합 욕심은

없지만 훈련을 통해 운동을 하고자 하는 경우가 의외로 많다. 그런 팀원은 훈련반, 영법반을 모두 오가며 자신에게 맞는 운동을 진행 중이다. 여기까지 오는 동안 시행착오도 많았고 그만큼 개선된 부분도 많지만, 앞으로도 더 좋은 방향을 찾고자 계속해서 변화해 나갈 것이다.

사람들은 모두가 각자 다른 목표를 가진다. 어떤 목표를 달성했을 때의 기쁨이 크다고 해서 모두 똑같이 노력해야 한다고 강요할 수는 없는 노릇이다. 각자 할 수 있는 만큼, 원하는 만큼 수영을 하며 즐긴다면 충분하다고 생각한다. 언제나 'Fun SWIM'이라는 목적만 잊어버리지만 않으면 된다.

수구, 내 안의
와일드를 깨우다

믿기 어려울 수도 있겠지만, 나는 물속에서 하는 운동 외에 잘하는 운동이 없다. 그중에서도 가장 취약한 종목은 달리기이다. 심지어 '좀' 못하는 것도 아니고 '아주' 못하는 편이다. 오죽했으면 달리기를 할 때마다 친구들이 "현진아, 창피하니까 물속에만 있어!"라고 소리칠 정도였다. 훈련을 위해 49명이 달리기를 하면 언제나 49등이었다. 수영은 물속의 달리기라는데 대체 왜 이런 실력 차이가 나는 걸까. 이유는 알 수 없지만 사지를 허우적거리며 달리기를 하다 보면 문득 '아니, 도대체 내가 왜 뛰어야 하는 거야? 나는 수영 선수지, 달리기 선수가 아니라고!' 하는 생각이 들기도 했다.

달리기는 잘 못하지만 공을 갖고 노는 것만큼은 좋아했던 내게 꿈같은 운동이 있다. 바로 '수구'다. 지상에서의 자신 없는 달리기 대신, 물에서 움직이고 공을 가지고 놀 수도 있는 완벽한 운동! 수영 감독 선생님이 수영 국가 대표이자 수구 국가 대표였던 덕에 수구라는 종목이 있다는 건 어릴 때부터 알고 있었지만 막상 직접 해 볼 기회는 없었다. 막연히 '언젠

수구와의 사랑은 아직도 진행 중이다.
아니, 시간이 지날수록
더 진해지는 기분이다.

가 수구를 해 보고 싶다'는 꿈만 가진 채 어른이 되었다.

그리고 수구와의 운명적 만남이 찾아왔다. 2015년, 별 생각 없이 SNS를 둘러보다가 우연히 집 근처에 수구 클럽 팀이 있다는 걸 알게 된 거다. 수구에 대한 막연한 동경심을 가지고 있었기에 망설임 없이 팀을 찾아갔다. 그리고 그날로 수구와 사랑에 빠지고 말았다. 정신없이 공을 쫓아다니는 것 자체도 좋았지만 슈팅할 때의 쾌감이야말로 이루 말할 수 없이 좋았다. 속이 뻥뻥 뚫리는 것 같은 그 쾌감! 게다가 나는 슈팅을 꽤 잘하는 편에 속했다. 테니스, 골프, 수구 등 타격하는 운동을 유독 좋아하는 걸 보면 내재된 폭력성(?)이 있는 것 같기도 하고… 알게 모르게 쌓인 스트레스가 건전하게 풀리는 기분도 나쁘지 않았다.

수구와의 사랑은 아직도 진행 중이다. 아니, 시간이 지날수록 더 진해지는 기분이다. 이렇다 보니 수구의 매력을 모르는 사람을 만나면 붙잡고 그 매력을 설파하고 싶을 정도다. 몇 번인가 수구를 하다가 손가락이 부러진 적도 있지만 수구에 대한 사랑은 식지 않았다.

수구는 참으로 거친 세계다. 부상이라는 불상사를 맞이하고 싶지 않다면 항시 조심해야 한다. 공을 세게 던지려고 하다가 어깨 부상을 입기도 하고, 반칙을 너무 과하게 하다가 서로

마찰이 생겨 다치는 경우도 있다. 그래서 외국 수구 선수들은 주짓수도 배운다던데, 아마 상대방이 나를 잡았을 때 어떻게 해야 풀 수 있는지 등의 노하우를 배우는 것 같았다.

무엇보다도 수구에서 중요하게 생각해야 하는 건 팀워크다. 모든 팀 경기가 그러하겠지만 수구는 특히 팀워크가 중요하다. 그도 그럴 것이 워낙 시끄럽고 물이 많이 튀는 수영장에서 경기를 하기 때문에 사인이 잘 맞아야 기본적으로 공을 주고받을 수 있다. 그렇기 때문에 수구는 무조건 팀원들끼리 의사소통도 잘 되어야 하고, 목소리도 우렁차게 잘 질러야 한다. 한없이 연약하고 여린 목소리로 "공 줘어~" 하는 게 아니라 과격하게 "공 줘!! 공, 공!!" 하는 식으로, 여차하면 당장 물을 가르고 달려갈 기세로 해야 한다. 또 수구는 반칙에 둔해서 설령 반칙을 했어도 심판이 못 보면 그냥 지나간다. 비겁하다고? 반칙하는 재미를 몰라서 하는 소리다. 물 먹이는 재미가 어찌나 쏠쏠한지! 이렇게 스트레스를 푸는 건지도 모르겠지만, 그만큼 거칠면서도 매력적인 게 수구다.

수구는 하면 할수록 단기간에 실력을 쌓을 수 있는 운동이 아니라는 걸 절절하게 느낀다. 그러니 처음에 잘 늘지 않는다고 실망할 것 없다. 비록 단기간에 잘할 순 없지만 꾸준히 연습한다면 시간이 갈수록 잘하게 될 테니까. 처음엔 나 역시 수

구 실력을 빨리 늘리고 싶어서 월, 화, 수, 목, 금 매일 연습을 하러 다녔지만 실력이 쑥쑥 느는 건 아니었다.

세상만사가 모두 그렇지만 정말 꾸준함이 가진 힘은 엄청나다. 수구를, 또 수영을 잘하고 싶다면 결코 꾸준함의 힘을 무시하지 않길 바란다. 작심삼일도 모이면 일 년이라는데, 일단 하루하루 집중하는 것부터 해 봤으면 하는 바람이다.

한옥 수영장을
꼭 짓고 말거야

앞서 수영을 '애증'이라고 표현한 것처럼, 비록 도망가고 싶은 순간도 있었지만 수영만큼 마음을 편안하게 하는 것도 없는 것 같다. 특히 가만히 물에 떠 있을 때는 뭐라 말로 표현할 수 없는 편안함이 있다. 물에 둥둥 떠서 햇볕을 받는 여유를 알게 되면 물과 수영의 또 다른 매력을 느낄 수 있었다. 국내에는 수영으로 여유를 즐길 만한 야외 수영장이 많지 않지만 외국에는 좋은 야외 수영장이 많다.

누군가 외국 수영장 중 가장 좋았던 수영장을 추천해 달라고 한다면, 호주 시드니(Sydney)에 있는 ABC 수영장(The Andrew Boy Charlton Pool)을 이야기할 것 같다. 야외 수영장인 ABC 수영장은 사람이 많지 않아서 여유롭게 둥둥 떠다니기 좋았다. 또 노스시드니 올림픽 수영장(North Sydney Olympic Swimming Pool)도 너무 좋았는데, 바닷물을 사용하다 보니 염분 때문에 수영복이 금방 삭고 수경도 금방 상한다는 게 조금 아쉬웠다.

가장 큰 문화 충격을 받은 건,
그 나라와 도시의 특색을 느낄 수 있는
수영장들이 있다는 점이었다.

꼭 야외 수영장이 아니더라도 외국 수영장에 가 보면 우리나라의 수영장과는 참 다르다는 걸 느끼게 된다. 비교적 규모가 크다는 이유도 있겠지만, 비슷한 규모의 우리나라 수영장과 비교해도 다른 점이 있다.

우선 초급, 중급, 상급의 레인을 정말 잘 나누어 놓았다는 점! 레인을 어찌나 잘 나누어 두었는지 오리발 같은 장비를 쓸 수 있는 레인도 따로 나뉘어져 있다. 수영장 다이브 블럭에서 뛸 수 있다는 것도 큰 차이점이다. 호주의 한 수영장에서 "우리 다이브 뛰어도 돼?"라고 묻자 곧장 "Why not?"이라는 대답이 돌아왔다. 물론 우리나라도 안전을 중시해서 다이브를 못하게 하는 거긴 한데, 너무도 흔쾌한 대답에 내심 놀란 것도 사실이다.

한 가지 더 부러웠던 건 '수영장 내에서도 다양한 수중 운동을 많이 하는구나.'라는 인상을 받은 것이다. 우리나라 수영장에서 할 수 있는 운동은 수영과 아쿠아로빅 정도인데, 외국에는 수구나 싱크로나이즈드(Synchronized), 아쿠아 플로트핏(Aqua Floatfit)처럼 수중에서 할 수 있는 프로그램이 정말 많았다. 이렇게 다양한 수중 운동을 어려움 없이 즐길 수 있는 환경이 조성되어 있다면 더 많은 사람들이 수영에 관심을 가질 수 있지 않을까?

edium/fast

마지막으로 가장 큰 문화 충격을 받은 건, 그 나라와 도시의 특색을 느낄 수 있는 수영장들이 있다는 점이었다. 영국 왕실이 지은 수영장을 리모델링한, 마샬 스트리트 레저 센터(Marshall Street Leisure Centre)에 간 적이 있다. 그곳엔 영국의 역사를 알 수 있는 물건들이 곳곳에 있었다. 이 수영장을 구경하고 싶어서라도 영국에 여행을 갈 법할 정도로 매력이 있었다. 호주에도 역사는 굉장히 오래됐지만 관리가 잘 되고 있는 수영장이 있다. 앞에서 얘기한 노스시드니 올림픽 수영장이다. 야외 수영장으로, 오페라 하우스가 보이기 때문에 누가 봐도 '호주의 수영장'이라는 분위기를 자아냈다.

우리나라에는 아직 이런 역사가 있는 수영장이나 랜드마크가 될 수 있는 수영장이 없는 게 너무 아쉽다. 정말 원대한 목표가 하나 있는데, 나중에 성공하면 한옥으로 된 수영장을 꼭 짓고 싶다. 내부까진 한옥으로 짓지 못한다 해도 곳곳에 한옥의 느낌을 살릴 수 있는 수영장을 지어 한국의 랜드마크 수영장을 만드는 게 꿈이다. 생각만 해도 행복하다. 외국인들이 한국에 수영하러 여행을 오는 것! 얼마나 멋질까!

여자들의
그날을 위한 대화

수영을 하는 여자들이라면 모두 잘 알고 한 번쯤은 스트레스 받았을 일. 그냥 마음 놓고 물을 좀 즐기고 싶을 뿐인데 신경 써야 하는 게 왜 이리 많은지. 특히 의지로는 어떻게 할 수 없는 일, 즉 생리 때문에 골머리를 앓은 사람들도 꽤 있지 않을까 싶다.

뜬금없는 고백이지만, 초경을 겪었던 중학교 여름의 일이다. 사실 초경을 시작하기 전부터 문득 '초경하면 어떡하지?' 하는 불안감이 있었다. 먼저 생리를 시작한 친구들의 얘길 들어 보면 허리가 아프다, 배가 아프다, 예민해진다 등등 전부 안 좋은 이야기뿐이었다. 게다가 이제 2차 성징을 맞이할 테니 몸도 바뀌게 될 거라는 사실이 막연한 두려움으로 자리 잡고 있었던 터였다. 생리 중인 친구들을 보면 운동을 쉴 수 있다는 점이 조금 부럽긴 했지만, 막상 초경을 시작했을 땐 그 사실을 믿고 싶지 않아 그만 펑펑 울어 버리고 말았다. 이제 키도 별로 안 클 거고, 2차 성징이 왔으니 몸이 많이 바뀔 거란 생각에 덜컥 겁이 났던 것 같다. 그 모든 두려움의 끝에 '수영 실력이 더 늘지 않으면 어떡하지?'라는 걱정이 있었던 것 같다. 참 이상한 일이다. 수영이 하기 싫어 몸서리를 치면서도 정말 수영을 못 하게 될까 봐 겁을 내고 있었다니.

생리를 하는 기간에는 될 수 있으면 물에 들어가지 않는 대신 지상 운동을 했다. 특히 생리통이 심한 친구들의 경우 가장 아픈 하루 정도는 지상 운동까지 전부 쉬기도 했다. 그런데 어이없게도 나는 생리통이 없는 편이었다. 꾀병에도 소질이 없던 나는 결국 생리 기간 내내 지상 운동을 했던 기억이 있다. 근데 더 기가 막힌 일은, 희한하게 마법에 걸린 날은 더 수영이 잘 된다는 것이었다.

수영을 배우는 여자라면 생리 중에 수영을 해도 되는지 궁금한 사람들이 많을 것이다. 그런 이들이 한 번쯤은 들어 봤을 말이 있다. '생리 중엔 물에 들어가더라도 삼투압이 있기 때문에 혈은 안 나온다.' 그런데 이 말을 하는 사람들이 모르는 사실이 있다. 물속에선 삼투압이 존재하지만 물 밖은 그렇지 않다는 사실! 즉, 바깥에 나오자마자 바로 혈이 흐른다는 것이다. 그러니 삼투압만 믿고 수영을 해선 안 된다.

이런 점 때문에도 그렇고, 사실은 수질뿐만 아니라 자신의 몸을 생각해서라도 생리 기간엔 수영을 안 하는 게 맞다. 정말 꼭 해야 한다면 양이 많은 날만큼은 쉬고, 팬티라이너에 약간

묻어 나올 정도로 양이 적은 날엔 탐폰이라도 하고 수영하길 권하는 편이다. 냉정하다고 생각할진 모르겠지만 다른 건 생각하지 말고, 자신의 몸을 위해서 쉰다고 생각하면 좋겠다. 정말 죽어도 수영을 해야 하는 게 아니라면 물에 들어가는 대신 스트레칭이나 지상 운동을 하는 것도 충분히 도움이 된다.

어쩌면 원하는 날에 자유롭게 수영할 수 없다는 사실이 족쇄처럼 느껴질지도 모른다. 하지만 사람의 힘으로 어떻게 할 수 없는 일이기에 마땅한 도리가 없다. 그냥 날 위해, 내 몸을 위해 며칠 정도만 휴식을 주도록 하자. 아껴 둔 체력으로 더 즐겁게 수영하면 되는 거니까!

Lesson 3

동화되다

Shall we Swim?

선생님!
오 나의 선생님!

'혼자 크는 사람은 없다'라는 말이 있다. 당연하겠지만 내게도 가르침을 준 선생님들이 있다. 이제는 나에게도 학생이 생겼고 사람들에게 '선생님'이라는 호칭도 듣지만, 그럴 때마다 '나의 선생님'들이 한 번씩 생각나곤 한다.

머릿속을 스쳐 가는 여러 선생님들 중 가장 기억에 남는 건, 내 첫 스승이었던 K 선생님이다(이름을 이니셜로 표기하는 건 선생님들의 프라이버시를 위해서다). 아직도 현역에서 수영을 가르치는, '물빛밤'에서 자주 이야기했던 그 선생님이다. 내가 물을 무서워할 때 함께 안타까워해 주고 부담 주지 않으려고 좋은 말도 많이 해 줬다. 또 본인의 경험을 통해 눈높이에 맞춰 열정적으로 지도해 준 선생님이기도 했다. 그렇다. "야 이년아!" 그 코치님 맞다. 아직도 그때의 구수한 사투리가 귓가에 들리는 듯하다.

또 다른 K 선생님 역시 자주 생각이 나는데, 이 선생님은 나의 학창 시절 마지막 선생님이기도 하다. "김쌤!"이라고 자주 불렀는데 김쌤은 경영 국가 대표와 수구 국가 대표를 동시에 했던 학교의 자랑이었다. 그 당시 다른 선생님들과는 다르게 과학적으로 영법을 설명하고 지도해 주었고, 그 결과 오늘의 '러블리 스위머 이현진'이 만들어지게 되었다.

수영 선수들에게 코치는 기술을 가르쳐 주는 사람이기도 하지만 매니저이기도 하다. 컨디션 관리해 줘야지, 훈련도 잘 가르쳐 줘야지, 심리적인 부분까지 세심하게 챙겨야지… 거의 만능이라고 봐도 무관하다. 어떨 땐 속마음까지 다 털어 놓는 '친구'가 되어 주기도 한다. 그렇게 가끔은 친구와 같이 푸근하게, 때로는 무서운 선생님의 카리스마를 뿜기도 하며 그 둘 사이의 밸런스를 잘 맞춰야 하는 것이 코치의 역할이다. 두 선생님들은 바로 이토록 어려운 밸런스를 잘 맞추어 팀을 이끌었다.

두 분 외에는 없냐고? 아니다. 정말 좋은 가르침을 준 선생님이 또 있다. 이미 성인이 된 후 만난 H 선생님이다. 보통 청소년기 내내 고착되었던 영법을 성인이 되어서 바꾼다는 건 정말 어려운 일이다. H 선생님은 그 어려운 걸 가능하게 해 준 선생님이다. 함께 운동하면서 '내가 선수로 훈련할 때 만났으면 어땠을까?' 하는 생각이 들만큼 합이 잘 맞았다. 코치가 선수를 잘 만나는 일이 복인만큼, 선수도 코치를 잘 만나는 게 엄청나게 큰 복이라고 생각한다. 그 복을 어른이 되어서 한 번

더 만났으니 매우 운이 좋은 케이스다. 어렸을 때도 분명 이론에 대한 설명을 들었지만, 그 당시에는 깊게 생각할 경험과 지식이 부족했기에 본능적인 운동을 했다. 하지만 성인이 되고 난 후에는 수영 영법과 기술에 좀 더 파고들며 생각하는 수영을 실천하게 되었다.

직접 수영할 때는 몰랐지만 오히려 강사가 되어 직접 강습을 하게 되자 비로소 알게 된 것들이 많다. 먼저 물의 원리를 깨닫고, 어떻게 하면 빨리 갈 수 있는지, 영법별로 수영하는 방법은 어떻게 다른지 등을 깨닫게 되었다. 그러한 지식들이 기반된 상태에서 H 선생님께 영법 교정을 받았으니 수영 실력이 좋아지지 않을 수 없었다.

사람들은 "어떻게 해야 수영 잘할 수 있어?"라는 질문을 많이 한다. 하지만 정말 깊게 파고들어 가면 아마 다들 "헉…" 할 거다. 간단하게 말할 수는 없지만, 진짜 수영을 잘하고 싶다면 무엇보다도 물의 원리부터 알아야 한다. 한번은 그런 질문을 하는 사람에게 마음먹고 전부 다 얘기해 줬더니, 이런 대답이 바로 돌아왔다.

"선생님. 머리 아파요."

반대로 나쁜 선생님은 없었냐고 누군가 물어 온다면, 조심스럽게 답변하고 싶다. 사실 많이 고민한 부분이다. 세상에 나쁜 선생님들이 왜 없겠는가. 간혹 진짜 나쁜 선생님들도 있다. 바로 선수나 수강생을 '돈'으로만 보는 코치들이다. 정말 다행히도 내 주변에는 없었지만 가끔 그런 코치들에 대한 이야기를 듣게 된다.

수영을 하다 보면 팀을 옮기게 되는 경우가 많다. 나는 팀을 옮기는 것에 대해 서운하거나 안 좋은 감정을 갖지는 않는 편이다. 본인에게 더 좋은 쪽을 선택하겠다는데 못 가게 하고 싶지도 않다. 비록 나와는 헤어지더라도 계속 수영을 하면서 발전하고 싶다는 사람인데 굳이 막을 필요가 있나 생각한다. 그런데 바로 이러한 경우에 나쁜 코치들을 알아 볼 수 있다. 팀을 옮기겠다는 의사를 밝히면 충분히 도와 줄 수 있음에도 "너, 내 팀 나가면…" 하는 식으로 협박을 한다거나 뒤끝이 안 좋게 헤어지는 경우가 바로 그렇다. 물론 개인 팀은 한 명이 나가면 손실이 크다고 생각할 수는 있을 거다. 하지만 그 이면에는 한 아이의 미래가 달려 있을 수도 있고, 한 사람의 시간이 달려 있을 수도 있는데 그보다 중요한 게 뭐가 있겠나. 당연한 얘기겠지만, 시간은 돈으로 살 수 없다. 자신의 시간과 미래가 소중한 만큼 남의 시간과 미래도 소중하다는 걸 잊지 않았으면 좋겠다.

이 글을 적으면서 알게 됐다. 아니 좀 더 명확해졌다는 표현이 맞을 것 같다. 설령 돈을 적게 벌더라도 '나쁜 선생님'이 되고 싶지는 않다는 것. 사람이 가장 기본적으로 지켜야 하는 것, 타인을 대하는 가장 기본적인 예의란 그런 것들이 아닐까. 선수는 돈이기 전에 사람이다. 늘 주장하는 'Fun SWIM' 역시 가장 기본적이지만 가장 중요한 이런 부분들에서부터 시작하는 게 아닐까?

고마운 만남,
시작의 시간

"와. 저 분 수영 어떻게 저렇게 잘하셔?"

강습을 하다 보면 오히려 나보다 더 수영에 재능이 있고 뛰어난 사람들을 만나게 된다. 속으로 '이 사람은 어릴 때부터 수영을 했으면 난리 났겠다.' 싶을 만큼 1을 알려 주면 금방 10까지 빨아들이는 사람들이 있다.

가르치는 입장이었던 나보다 더 뛰어났던 그 강습생은 금천구청에서 일했을 때 만난 현주님이다. 현주님도 어릴 때 수영을 했던 경험이 있었지만, 그걸 감안하더라도 그 나이에 할 수 없을 만큼 수영을 정말 잘했다. 정말이지 가르치는 재미가 쏠쏠했다. 당시 나는 수영 강습을 시작한 지 얼마 되지 않았을 때였고 경력이라고는 아이들을 상대로 하는 방학 특강이 전부였다. 그랬던 내가 선수 출신이라는 이력 하나로 저녁 상급반을 떡하니 맡게 된 것이다. 하지만 현주님을 가르치며 처음으로 '아, 현주님처럼 수영 잘하는 마스터즈 분들 가르치는 것도 정말 재미있겠다.'라는 생각을 하게 되었다.

무엇보다 나이가 어린 나를 강사로서 존중해 주었고 반의 분위기도 화기애애하게 만들어 준 정말 고마운 사람이다. 당시 가장 큰 수영 커뮤니티였던 '스윔닥터'의 회원이었던 현주님은, 가끔 내게도 동호회에 함께 가자고 제안해서 선뜻 따라다니기도 했다. 그렇게 현주님을 통해 수영 동호회도 배웠다.

현주님에게 가장 자주 했던 말은 "수영 좀 일찍 했으면 국가 대표 뒤집어 놨겠는데요?"라는 말이었다. 물타기, 물잡기, 타이밍 등을 조금만 설명해도 금방 알아들었고, 운동하다 보면 찾아오는 힘든 순간 역시 잘 이겨 냈다. 나보다 나이가 많았기에 이런 말을 하면 조금 이상해 보일 수도 있겠지만, 한마디로 참 '예쁜' 강습생이었다. 아쉬웠지만 일을 그만두면서 자연스럽게 연락이 끊기게 되었다. 하지만 걱정하지는 않았다. 내심 '언젠가 만날 수 있겠지.' 하는 생각을 가지고 있었기 때문인지도 모르겠다.

그러다 1~2년 전, 스윔닥터 대표님과 만날 기회가 생겼다. 대표님과 이야기를 나누던 중 문득 현주님이 생각나 안부를 물었다. 그런데 현주님 이야기를 꺼내자마자 자리에 함께 있던 두어 사람의 얼굴이 싹 굳었다. 누가 봐도 당황해서 어떻게 입을 떼어야 할지 고민하는 것처럼 보였다. 잠깐의 정적이 흐른 후 답이 돌아왔다.

"아, 어떻게 말해야 하지… 그분, 몇 달 전에 돌아가셨어."

전혀 생각지 못한 답을 듣자마자 머리로 생각할 새도 없이 눈물이 뚝 떨어졌다. 원래 사람들 앞에서 우는 걸 정말 싫어하는데, 감정을 추스를 생각도 못하고 펑펑 눈물을 흘렸다. 오로지 타인을 이유로 운 건 그때가 처음이었다. 지금 이 글을 적고 있는 순간에도 코끝이 찡하다. 어째서 이 생각만 하면 이렇게 빠르게도 눈물이 앞을 가리는 걸까. 다시는 볼 수 없는 분이어서 내 마음을 전할 방법이 없지만 글로나마 남겨 보고 싶다.

"현주님, 정말 고맙습니다. 현주님이 아니었다면 저는 아직까지도 강습만 하고 있었을지도 몰라요."

수영 동호회라는 문화를 처음 접하게 해 준 사람, 마스터즈를 시작하게 해 준 사람, 수영 인생에 한 번은 거쳐야 했던 사람. 짧지 않은 수영 인생에 작고도 커다란 변화를 안겨 준 영원한 수영인 현주님, 편히 쉬세요.

타고난 아이,
노력하는 아이,
기다려 줘야 하는 아이

사실 나는 엘리트 수업을 할 때 되게 엄격한 편이다. 그래서인지 그 수업을 마치고 다음 수업을 할 땐 수강생들이 "내가 현진 선생님보다 어리지 않아서 다행이이에요."라고 할 정도이다. 개인적인 견해로는, 그래도 아이들에겐 조금은 엄격한 게 필요하다고 본다. 그런 의미에서 지금 가르치고 있는 아이들의 참 좋은 점은, 엄격한 선생님에게도 자기 생각을 다 말한다는 부분이다. 다른 어른들은 버릇없다고 생각하기도 하지만, 난 그렇게 생각하지 않는다. 선생님이 말했어도 궁금하다는 생각이 들면 물어볼 수 있는 환경이 운동하기 더 좋은 환경이지 않을까?

가끔 이런 상상을 한다. 만약 어렸을 때의 나처럼 턴도 못하고 수영을 무서워하면서도 가족의 기대 때문에 매일 억지로 수영을 하는 아이를 만나는 상상. 마음이 너무 아플 것 같다. 그 마음을 누구보다도 가장 잘 아니까. 그래서 그런 아이를 만난다면 가장 먼저 이런 질문을 할 것 같다. "너 지금 괜찮니? 수영 견딜 수 있겠어?"

사실 애매한 문제다. 수영을 그만두겠다고 한 중학교 1학년 당시 정말로 엄마가 그냥 풀어 줬다면 나는 이 자리에 없었을 것이다. 뭐든 다른 일을 찾아서 하긴 했겠지만 수영 유튜버도, 내 이야기를 책으로 쓸 수 있는 기회도 없었을 것이다. 과정은 어찌되었든 버텼기 때문에 이 자리까지 온 거다. 그래서일까. 어찌 생각해 보면 당시의 나 같은 아이를 진짜로 만난다면 사실은 별말 못 할 것 같기도 하다. 스스로 선택하라는 말조차도 못 할 것 같다. 이 친구가 나보다 더 훌륭한 사람이 될 수도 있는데 그 길을 끊어 버리는 일이 생길까 봐 걱정이 되어서이다.

하지만 “근데 말이야, 그렇게 힘든데 수영을 왜 해야 하는 것 같아?”라고 물어봤을 때 아이의 답이 궁금하기도 하다. 그리고 만약 본인이 원한다면 조금 더 버틸 수 있도록 내 이야기도 들려주고 싶다.

지금의 내가 강사로서 어린 이현진을 만난다면 ‘서두르지 말라’고 이야기해 줬을 것이다. 아니, 애초에 어린 나는 물을 너무 무서워했기 때문에 아마 부모님을 먼저 찾아가 이야기하지 않았을까. “이 아이는 적응하는 기간이 필요할 것 같아요. 그러니까 6개월 동안 이 아이를 제게 맡겨 주실래요?” 이렇게 양해를 구한 다음 6개월 정도는 아이가 물과 친해질 수 있도록 자유롭게 놀아 주었을 것 같다.

솔직히 강사의 입장에서 어린 나를 봤다면 ‘왜 저렇게 겁이 많지? 왜 저렇게 긴장을 많이 하지?’ 생각했을 것 같다. 다만

그것에 대한 질타는 하지 않았을 것이다. 강사로서 어떻게 해 줘야 할까를 고민하지, 긴장하고 있는 아이한테 "넌 왜 그렇게 긴장을 많이 하니?"라고 콕 집어 말하고 싶진 않다. 이렇게 하면 아이들은 혼나기라도 할까 봐 더 긴장을 하게 된다.

어른들은 마음속에 각자 나름대로 이런저런 걱정을 품고 살기 때문에 쉽게 상처를 극복하지 못한다. 하지만 아이들은 다르다. 조금만 신경을 써 주고 즐거운 시간을 만들어 주면 금세 스스로 극복해 낼 수 있다. 그렇기 때문에 만약 수영을 갓 시작한 1, 2학년 때의 나를 만난다면 물과 친해지는 시간을 먼저 만들어 줬을 거라는 이야기다. 그리고 물을 두려워하는 게 별일 아닌 것처럼 대해 주었을 것이다. 어린 내게는 무척 큰일이었겠지만, "그럴 수 있지. 그런데 그거 몇 개월 뒤면 괜찮아질 거야." 하면서 아무 일 아닌 것처럼 다독여 줬을 것 같다.

아이들을 만나고 가르치는 일은 정말 즐겁다. 하지만 동시에 가장 섬세하게 대해야 하고 말 한마디 행동거지 하나도 조심해야 하기도 한다. 사소한 말 하나, 행동 하나가 어떤 아이에게는 상처로 남을 수도 있고 또 어떤 아이에게는 성장하려는 동기 부여가 될 수도 있다고 생각한다. 이왕 둘 중에 하나일 거면 나는 당연히 동기 부여를 하는 쪽을 택하고 싶다.

존재감 넘치는
그 녀석들의 정체

사람들의 얼굴이 모두 다르듯 아이들의 성격도 전부 다 다르다. 어떤 아이는 옆 친구가 혼나는 걸 보는 것만으로도 자극을 받지만, 어떤 아이는 혼내는 방법에도 신경을 써야 한다. 솔직히 고백하자면, 어렸을 때 부모님이 "아이도 인격이 있는데 사람들 많은 곳에서 혼내지 마세요."라고 했을 땐 그게 더 싫었다. 사람들이 많은 곳에서 혼나면 조금만 혼나면 되는데, 선생님과 단둘이 남아 오래 혼나야 하는 시간이 더 싫었다. 하지만 지금 생각하면 그게 맞다. 아이들의 인격과 자존심도 존중해 주어야 한다.

이런 이유로, 아이들은 제각각 성향을 따로 파악해야 한다. 다양한 인격체를 가지고 있는 아이들을 하나의 묶음으로 보면 안 된다. 그러니 "무조건 해!"라고 하기 보단 '내가 왜 이렇게 해야 해?'라는 생각이 들지 않도록 인지시켜 주는 게 중요하다. 어리다고 윽박지르면 아이들이 모를 것 같아도 다 안다. 그리고 커서도 좋은 영향을 받을 수 없다. 존중받는 걸 배운 아이들이 존중할 줄도 안다. 압박을 받는 아이들은 후배들에게도 압박을 준다. 그렇기 때문에 더더욱 '왜 해야 하는지' 올

아이들과 지내다 보면
'약속'에 대해서 생각하게 된다.

바르게 인지시켜 주는 게 가장 중요하다.

한번은 아이들이 지상 운동하는 걸 촬영한 적이 있다. 솔직히 말하자면, 포기할 거라고 생각하고 찍은 거였는데 예상 외로 아이들이 끝까지 버텼다. 1분 30초씩 버티는 건데 그것도 한 세트만 한 게 아니었다. 압박을 많이 준 것도 아니고 "포기하면 10초 더 할 거야~"라고 한 마디 했을 뿐인데도 울면서 버텨 냈다. 사실 그 영상은 두고두고 내게 힘을 주고 있다. 어른들에게도 힘든 훈련을 버티는 아이들을 보면 '저렇게 쪼끄만 애들도 하는데, 나도 해야지.'라는 생각이 들어 견디게 된다. 아이들을 보며 배우는 게 이렇게 많다.

언젠가 아이들이 훈련에 영 집중을 못해서 하루를 날리게 생긴 날이 있었다. 아이들 모두를 밖으로 불러 세우고 말했다. "너희 양심이 있으면 생각을 해 봐. 지금 이렇게 훈련하는 게 최선인 것 같아? 응? 양심이 있으면 가슴에 손을 얹고 생각해 보라고!"라고 혼내는데 한 아이가 가만히 있다가 손을 가슴에 폭 얹는 게 아닌가. 그걸 보면서 순간 웃음이 터질 뻔했는데 차마 웃을 수가 없어서 뒤를 돌았던 기억이 난다.

아이들과 지내다 보면 '약속'에 대해서 생각하게 된다. 약속을 많이 하는 사람일수록 사기꾼이 많다는 글을 읽은 것 같은데, 아이들에게 레슨을 하다 보면 '이것만 하면 어떤 훈련은 빼 줄게.' 하는 식의 약속을 자꾸만 하게 된다. 하지만 운동을 하면 흐름을 타게 되니까 약속을 못 지킬 때도 많다. 그럴 때 아이들은 말한다. "선생님, 아까 이거 빼 준다고 했는데… 왜 계속해요?" 그럴 때 처음 튀어나오는 말은 "너희가 더 잘하려면 해야지."였다. 그런데 돌이켜 생각해 보면 아이들은 약속을 지키려고 하나를 열심히 한 건데 너무 쉽게 약속을 저버린 게 아닌가 싶다. 물론 훈련 중에 그런 약속들이 필요한 순간도 있지만 남발하지는 않아야겠다고 생각, 또 생각한다.

그러고 보니 생각나는 에피소드가 하나 더 있다. 얼마 전에 나와 같은 이름을 가진 현진이라는 아이와 대화하는 걸 녹음한 파일을 다른 사람에게 들려준 적이 있다. 그 음성을 들은 상대방이 내게 "답이 정해져 있는 상사와 말하는 것만큼 힘든 일이 없는데, 애들 불쌍하다…"라며 내게 '신개념 꼰대'라고 하는 게 아닌가! 상황은 이랬다. 수영장 한쪽에 아이가 혼자 앉아 있기에 다가가서 물어봤다.

"현진이 뭐해?"
"머리가 아파요."
"운동하기 싫어서 아픈 거 아니야?"

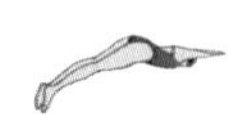

"아니에요."

"아니야? 그럼 감기 걸린 거야?"

"감기 걸렸어요."

"그래? 감기 걸렸으면 하지 마~"

"아니에요, 할래요."

"괜찮아. 진짜 안 해도 돼. 힘들면 하지 마~"

"그냥 할래요…"

이렇게 된 거였다. 아니, 나는 정말로 쉬라고 한 건데! 평소에 아이들과 소통을 많이 하는 편이라 꼰대일 거라고 생각해 본 적도 없었는데, 느닷없이 '신개념 꼰대'라는 소릴 들은 거다. 왠지 억울하다.

아이들과 있는 시간은 많은 것을 되짚게 한다. 그래서 더더욱 좋은 선생님이 되고 싶은 마음이 간절하다. 신개념 꼰대? 아이들을 위해서라면 그런 소리쯤은 견딜 수 있다. 재능이 있는 아이든, 노력하는 아이든, 기다려 줘야 하는 아이든. 아이들이 자신의 숨은 재능을 찾기를 바란다. 그리고 그 재능을 꽃피울 수 있도록 도와주는 존재가 되고 싶다고 바란다. 그렇게 아이들은 내게 새로운 수영의 의미를 알려 주고 있다.

우리는
Lovely SwimmerS

현재 꾸리고 있는 팀은 수영 마스터즈 클럽 팀이다. 한 팀으로 같이 활동하고는 있지만 목적은 다양하다. 미치도록 수영을 하는 것보단 삶의 질을 높일 수 있게끔 즐겁게 수영을 한다. 같이 외국도 가고, 시합도 나가고, 맛있는 것도 먹고… 남녀노소 다양하지만 수영이라는 하나의 키워드로 묶여 있다.

처음 팀을 모집하게 된 건 호주에 있었을 때였다. 어렸을 때부터 막연히 개인 클럽 팀에 대한 꿈이 있었다. 호주에서 다양한 클럽 팀들을 보면서 나도 할 수 있겠다는 확신이 생겨 유튜브 채널을 통해 팀원을 모집했다. 당시 2년 후에 예정되어 있던 세계 선수권 대회를 목표로 사람들을 모집했고, 그렇게 전국 각지에서 모인 사람들이 '러블리 스위머즈 팀', 즉 '팀 러스'가 되었다. 2020년 지금은 서른 명 넘는 사람들이 있다.

팀 러스는 처음부터 수영을 잘하는 사람들이 모여서 시작한 팀은 아니다. 그래서 시합에 나갈 때마다 더 의미가 컸다. 첫 시합을 나갔던 날, 사람들이 시합을 망치고 나면 자꾸 와서 미안하다는 말을 건넸다.

"아니, 왜 저한테 미안해요?"

"선생님 이름에 먹칠하는 것 같아서… 미안해요."

"그렇게 생각하지 마세요. 전 지금 너무 좋아요."

물론 내게도 부담은 있었지만 티를 내지 않았는데, 미안하다는 생각이 들었을 정도로 사람들의 부담이 컸던 것 같다.

팀 러스의 첫 시합은 인천에서 열린 미추홀 배 경기였다. 첫 시합이니까 수영복, 수모 등을 맞춰 입고 나갔다. 그리고 첫 경기였던 계영(계주 경기)에서 1등을 했다. 팀전이긴 했지만 1등이라는 숫자가 찍히는 순간 갑자기 눈물이 났다. 눈물이 헤픈 편이 아닌데도 그랬다. 개인전에서는 도 대회에서 1등을 해 본 적도 있지만 전국 대회에서는 계영할 때 빼곤 1등을 해 본 적이 없었다. 이것 역시 전국 대회처럼 엄청 큰 규모도 아니고 계영인 건 같았지만, 내가 지도하는 사람들이 모여 1등을 했다는 기분이 말할 수 없을 만큼 행복했다. 과한 비교일지도 모르지만 김연아가 메달을 땄을 때 김연아의 코치가 기뻐하던 것과 똑같았다.

항상 좋은 성적을 내진 못하더라도 팀이 있다는 것 자체가 참 행복하다. 팀원들과 똑같은 모자를 쓰고 수영하는 기분은 외부에 특강을 나가 수영하는 것과 정말 다르다. '우리 팀'

이라는 동료애, 소속감이 안정적인 느낌을 준다. 또 처음부터 수영을 시작한 사람, 마스터즈로 시작해 선수 등록까지 하게 된 아이들을 보면 무엇인가를 이루어 내는 기분도 든다. 처음부터 완벽한 팀은 아니었어도 함께 성장하는 이들이라 더 좋다. 잘하는 사람들은 어딜 가서도 잘할 수 있다. 처음 팀 러스를 모집할 때 이런 말을 했다. '수영을 잘하고 싶어서 하는 사람 혹은 잘하려고 노력하다 흥미를 잃은 사람 모두 다시 재밌게 수영하는 팀'이라고. 그때의 말처럼, 이런 부분이 팀 러스의 가장 큰 매력인 것 같다.

우리 '팀 러스'의 이름은 내 유튜브 채널명에서 따온 게 맞다. 하지만 단순히 '러블리 스위머 이현진'이 아니라, 함께 수영하는 사람들은 모두 '러블리 스위머'라는 뜻이기도 하다.

팀 러스는 '행복 수영'을 목표로 하지만, 모두가 그 목표에 동의하지는 않는다. 결과를 내고 싶어 하는 사람들은 반을 나눠서 따로 수영을 하는 이유다. 예전에는 행복 수영을 원하는 사람들, 기록을 원하는 사람들을 모두 묶어서 기록 중심 수영을 했지만 그렇게 하다 보니 무리하게 따라 가려다가 다치는 사람들이 생기곤 했다. 그래서 이젠 기록 반과 행복 수영을 나눈 상태다.

그래도 매 시합을 나갈 때마다 항상 기대는 많이 한다. 왜

항상 좋은 성적을
내진 못하더라도
팀이 있다는 것 자체가
참 행복하다.

냐하면 나는 운동 선수였고, 팀 러스는 좋은 프로그램으로 수영을 하고 있으니까. 하지만 의욕과는 다르게 정말 몸이 따라 주지 않을 때도 있다. 평소에는 그런 순간을 잘 이해한다. '직장인들인데 얼마나 힘들까. 수영하러 여기까지 오는 것만으로도 정말 대단하지.' 하면서 말이다. 하지만 시합 때만 다가오면 기록 반 사람들이 실망하는 모습을 보고 싶지 않아서 '다 죽었어!' 하는 열의로 불타오른다. 악역을 자처해서라도 철저히 훈련에 임하지만, 또 며칠이 지나면 '그래도 행복하려고 하는 건데, 스트레스 받거나 아프면 안 되지…' 하고 생각하게 된다. 그리고 다시 시합에 나가면 '죽었어!'의 반복이다. 대체 이 굴레에 끝이 있기는 한 걸까? 나도 잘 모르겠다.

가끔 혼자 와서 자유 수영을 하는 사람들도 있다. 솔직하게 말하자면, 자유 수영은 '잘하기' 위해서 하기에는 정말 어려운 수영이다. 틀을 갖다 놓고 어떤 목표를 위해 수영하는 것과 그냥 와서 몇 바퀴를 돌고 가는 건 다르다. 심리적으로도 아무런 형식이나 제어 없이 스스로를 채찍하며 자신을 이겨야 하고, '한 번만 더 하자, 아니야 하지 말자.' 하는 선과 악의 싸움에서도 이겨야 한다. 혼자 수영하는 것도 좋지만 팀과 함께 수영하는 걸 조금 더 권하는 이유다. 그러니 우리 같이 수영하자. "How lovely!" 하면서.

내 인생의
친구

나는 후배들에게 '다 되는' 선배였다. 기본적으로 "다 해도 돼!" 하고 말하는 편이라 후배들이 잘 따라 주었다. 또 내가 후배들에게 그렇게 하는 만큼 선배들도 잘 따라서, 위에서도 날 많이 좋아해 주는 편이었다. 감사하게도 어딜 가든 사랑을 많이 받는 타입이라 행복하다고 생각한다.

하지만 정말 가까운 친구들은 내면에 어두움이 있음을 안다. 적당히 친한 사람들에겐 짐을 주려 하지 않지만 정말 친한 친구들에겐 오히려 짐을 자꾸 준다. "나 힘들어, 이것 좀 들어 봐, 너무 힘들어." 하고 떼를 써도 친구들은 다 받아 주곤 해서, 항상 인복이 정말 많다고 생각한다.

힘든 시기에도 버틸 수 있는 힘을 준 건 언제나 친구들이었다. 물에 대한 공포심을 더 크게 만들어 준, 물속에서 죽을 뻔했던 날에도 날 살려 준 건 내 친구 겨라였다. 가끔 TV에서 재해 상황에 사람들을 구한 영웅에게 "어떻게 뛰어들 생각을 하셨어요?"라고 물으면 "모르겠어요, 저도 모르게 그렇게 했어요."라고 하는 경우를 본다. 겨라도 그랬다. 나를 구하던 순간의 판단은 기억나지 않지만 그냥 본능적으로 뛰어들었다고 했다. 겨라가 없었다면 그날부로 다신 눈을 뜨지 못했을지도 모른다.

시합 때도 코치님은 긴장한 내게 겨라를 보내곤 했다. 코치님을 조금 무서워한다는 걸 알기 때문에 괜히 부담 주지 않으려고 겨라를 대신 보냈던 것이다. 그만큼 우리는 남들이 보기에도 서로 의지가 되어 주는 친구였다.

겨라는 어렸을 때 바로 대표 팀에 들어갔다. 보통은 자신이 잘나가면 가까운 사람을 등한시하게 되는 경우가 있는데, 우리는 오히려 더욱 가까워졌다. 얼마나 가까웠는지 청소년기를 함께 보내며 이런 말을 한 적이 있었다. "겨라야, 나는 네가 내 친구인 게 너무 자랑스러워. 너랑 친구라서 행복해. 나중에 더 크면 내가 너에게 그런 친구가 되어 줄게." 하고 말이다. 그리고 지금은 그 말대로 이루어져서 겨라가 날 자랑스러워 해준다. 겨라가 주변 사람들에게 "나는 현진이가 내 친구인 게 너무 좋아."라고 하는 게 행복하다. 그렇게 되려고 많이 노력했으니까 말이다.

누구든 힘든 시기엔 꿋꿋이 옆을 지켜 주는 친구에게서 가장 큰 힘을 받곤 한다. 우여곡절이 많아 힘들었던 수많은 시기

를 버틸 수 있었던 건 다름 아닌 겨라의 존재 덕분이라고 자신 있게 말할 수 있다.

내 친구 겨라야, 고마워. 그리고 사랑해!

내 부모님,
그리고

소년 체전을 준비하던 시기, 가족과 떨어져 합숙을 하던 때의 이야기다. 친구들이랑 뛰어놀다가 발목을 삐었다. 시합까지 한두 달밖에 남지 않은 시기였다. 발목을 다쳤다는 소식을 들은 엄마는 단번에 합숙소까지 달려와 나를 들쳐 업고 병원까지 달렸다. 엄마는 키가 굉장히 작다. 당시 내 키는 168cm 정도였고, 엄마는 150cm 언저리밖에 안 되는 작은 체구였다. 그런데도 엄마는 자신보다 훨씬 큰 딸을 업고 병원까지 뛰어간 것이다. 엄마는 강하다는 말을 온몸으로 실감했다. 그런 힘이 대체 어디서 나온 걸까? 그날의 엄마는 개미 같은 느낌이었다. 제 몸의 몇 십 배나 큰 먹이를 거뜬히 들고 가는 개미. 그땐 그게 당연하다고 생각했는데 이제 와 생각해 보면 정말 대단하다. 아마 엄마가 없었다면 지금의 나도 없을 것이다. 그 고단한 시간을 버티며 수영을 할 수 있었던 건 엄마에게 인정받고 싶었던 이유도 있었다. 막둥이로 태어나 두 언니와 오빠 사이에서 귀여움을 독차지했지만, 어쩌면 그냥 나로서 인정받고 사랑받고 싶었을지도 모르겠다. 그런 나에게 엄마란, 절대 떼 놓고 생각할 수 없는 그런 존재다.

카리스마 넘치는 엄마와 부드러운 아빠는
내 인생을 만들어 준 주인공이다.

작지만 거대한 이름, 엄마!

당시 함께 수영을 하던 팀 내에서는 엄마들 사이의 포지션이 있었다. '누구는 수영을 잘하는 아이의 엄마, 누구는 몇 등을 한 누구의 엄마'라는 포지션이. 사실 어릴 적의 나는 도 대표였지만 전국 대회에 나가 순위권을 거머쥘 만큼 잘하는 편은 아니었다. 그래서 나는 딱 두 가지 생각으로 수영하는 시간을 버텼다. '어차피 힘들 거면 지금 하자', 그리고 '엄마를 기쁘게 해 주고 싶다'라는 생각이었다. 매일 새벽 운동하는 딸을 위해 엄마는 훨씬 더 일찍 일어나서 모든 뒷바라지를 해 주었으니까. 입을 옷을 챙겨 주고, 마를 갈아 먹이고, 기분이 안 좋은 것 같으면 쇼핑이라도 해서 기분 전환을 시켜 주려고 하고… 아마 나는 내 아이가 생겨도 그렇게까지는 할 수 없을 것 같다. 엄마는 그만큼 작지만 거대하다.

사실 언니들과 오빠는 가끔 질투를 하기도 했다고 얘기한다. 오빠는 남자 형제가 없으니 그나마 체력적으로 튼튼한 나랑 레슬링도 하고 암바도 걸면서 놀고 싶었는데, 그럴 때마다 엄마에게 "안 돼, 안 돼! 얘는 몸이 재산이야. 하지 마!"라는 말로 제지당했을 때가 서운했다고 한다. 언니들 같은 경우는 식사를 자유롭게 하지 못하고 내 운동이 끝날 때까지 기다려서 먹었을 때를 서운했던 순간으로 꼽았다. 공통적으로는 엄마의 중심이 '막내'로 맞춰져 있던 걸 서운하게 여긴 것 같다.

나뿐만 아니라 나이 차이가 많이 나는 주변 형제자매들을 보면 이런 것 때문에 서운한 감정이 많았다. 특히 운동하는 아이들의 경우 부모님이 조금 더 신경을 많이 쓰게 되니까 더더욱 그런 것 같다.

부모님은 언제나 최고였다. 엄마가 휘어잡는 카리스마 넘치는 사람이었다면, 아빠는 부드러운 연유 같은 사람이었다. 그림을 그리고 싶어 하면 학원을 보내는 게 아니라 차를 태워서 산에 데려가는 타입이었다. 그림 학원에 가면 사진을 보고 그리지만 산에 데려가면 아이가 직접 보고 그릴 수 있기 때문이었다. 새벽 운동도 아빠가 바래다준 적이 많았다. 출근 시간이 8시였는데도 4시 반에 나를 데려다주거나 새벽 기도를 가는 엄마를 데려다주었다.

가끔은 피곤하고 일어나기가 너무 싫어서 자는 척을 하고 있을 때도 있었다. 그러면 아빠는 귓가에 "현진아, 인내는 쓰나 열매는 달다. 그럼에도 불구하고 자는 게 좋으면 자."라고 했다. 그런 말을 들으면 순간 엄청난 고민에 휩싸인다. 일어나라는 건가 말라는 건가 머리를 굴리다가 결국 일어나곤 했다. 새벽 운동을 가는 차 안에서도 꼭 잠을 잤는데, 그럴 때 아빠는 말없이 시동을 걸어 놓고 아이들이 모두 들어갈 때까지 기다렸다가 마지막에 날 깨워서 들여보냈다. 수영하기 싫다고

할 때도 아빠의 대답은 언제나 '하지 마.'였다. 엄마의 다양한 반응에 맞서서 "하지 마. 우리 놀러 가자. 그 나이 때 즐겨야 하는 게 있는 거지."라고 하는 아빠였다.

언젠가 진심으로 수영을 그만두려고 했을 때였다. 그땐 수영을 그만두면 인테리어 디자이너가 되고 싶었다. 그래서 방에 페인트칠을 하고 싶다고 졸랐는데, 지금 생각해 보면 어떤 부모라도 철부지 막내가 함부로 방을 망치는 걸 보고 싶진 않았을 것이다. 그런데도 아빠는 떼쓰는 딸을 말리기보단 그저 무슨 색으로 바꾸고 싶냐는 질문을 했다. 그리곤 직접 페인트 가게에 데려가 딸기우유색과 회색 페인트를 사 주었다. 아빠가 해 주지는 않을 테니 직접 하라는 말이었다. 그때도 엄마는 옆에서 난리가 난 상태였다. 결국 벽지는 바꿀 수 있으니 벽지 위에 페인트를 칠하는 것으로 합의를 봤다. 예나 지금이나 뭔가를 꼼꼼하게 알아보고 시작하는 타입이 아니라 일단 시작부터 하고 보는 타입이었기 때문에, 결국 페인트가 온몸과 피아노 의자까지 튀어 엉망진창이 되었다. 그렇게 나는 경험을 얻은 대신 한 달 동안 페인트 냄새 때문에 방에 들어갈 수 없게 되었다.

내 눈높이에서 늘 지지해 주는, 아빠

아빠가 수영을 그만두면 뭘 하고 싶은지 물어봤을 땐 컬러리스트를 하고 싶다고 했다. 핸드폰으로 대충 찾아보니 10년 뒤에도 유망한 직종이래서 말한 것이었다. 컬러리스트 외엔 또 무엇을 하고 싶냐는 물음에는 회계사를 말했다. 회계사도 여자상업고등학교에 진학할 경우를 고려해 말한 것이긴 하지만, 사실 깊은 고민은 없었다. 그러자 아빠가 답했다. "현진아, 네가 하고 싶은 일이랑 네가 잘하는 일을 구분할 줄 알아야 해. 하고 싶은 걸 다 하면 좋겠지만 네가 가장 잘하는 게 뭔지 생각해 봐." 그래서 곰곰이 다시 생각해 봤는데 잘하는 게 뭐긴 뭐겠는가, 수영이지. 그렇게 결국 수영으로 돌아갔던 것이다.

아빠 덕에 수영에 대한 시야가 넓어지기도 했다. 내심 1등도 못하고 물도 무서워하면서 수영을 한다는 딸이 부끄럽게 생각될 때가 있진 않을까 생각하곤 했다. 그걸 직접 아빠에게 소리 내어 물었을 때 아빠는 이렇게 말했다.

"현진아. 수영을 한다고 선수만 할 수 있는 건 아냐. 너 이 컵이 만들어지기까지 몇 명의 손이 거쳤는지 알아? 누군가는 흙을 퍼다 날라야 했고, 누군가는 만드는 방법을 알아야 했고, 누군가는 이걸 빚어야 했고, 누군가는 구워야 했고, 누군가는 디자인을 해야 했지. 그런 과정을 거쳐서 이 컵이 생긴

거야. 이렇게 작은 컵 하나에도 많은 사람들의 손이 닿는데, 수영은 또 얼마나 다양하겠어?"

아빠의 그 말이 좁았던 시야를 탁 트이게 해 주었다. 수영을 하면 무조건 선수가 되어야 한다고 생각했는데, 그게 아니었다. 색깔과 인테리어, 수영을 좋아하니 수영복 디자이너가 될 수도 있었고, 지금처럼 강사가 될 수도 있었다. 꼭 1등을 하지 않아도 할 수 있는 것은 많다는 사실을 아빠를 통해 배웠다.

카리스마 넘치는 엄마와 부드러운 아빠는 내 인생을 만들어 준 주인공이다. 항상 엄마는 길을 만들어 주었고 아빠는 지치지 않게 가는 방법을 조심스레 알려 주었다. 물속에서는 늘 혼자였지만 그래도 포기하지 않고 갈 수 있었던 것은 모두 부모님 덕분이다.

글쓰기 역시
나답게

나름은 아주 열심히 산다고 생각했다. 물은 무서웠지만 수영을 포기하지는 않았고, 주변 친구들에게 "현진이는 쉬는 방법을 모르는 것 같아."라는 말을 들을 때도 그 순간을 꽤 즐겼던 것 같다. 처음 책 출간 제의가 들어왔을 땐, '목표 하나를 이루게 되겠구나.' 싶기도 했지만, '내가 글을?'이라는 생각에 겁도 났다.

글을 쓰는 것도 쓰는 것이지만 어떤 글을 써야 하는지 갈피를 잡는 데까지 생각보다 오랜 시간이 걸렸다. 막상 첫 문장을 쓰는 것에 성공했을 때도 '아, 난 글은 아닌가 봐! 이번엔 망했다.'라는 생각이 들었다. 예전 일기장을 들춰 보고, 초창기 유튜브 영상들을 다시 보고 또 보며 알게 됐다. 이미 충분하다. 그냥 나답게, 겁내지 말고 하던 대로 하자. 막상 그런 생각이 드는 순간 마음이 조금 가벼워졌다.

사실 많이 부족한 글들이다. 이 글들 때문에 뽑혀져 없어질 나무들을 생각하면 새삼 죄스러운 마음이 들기도 하지만. 이 책을 준비하며 단 하나의 생각에만 몰두하기로 했다. '동기 부여!' 예전의 나를 돌이켜 보면, 누군가 내 마음을 조금만 이해해 줬더라면 하는 아쉬움이 든다. 앞에서도 말했듯 나는 수영에 천부적인 소질이 있는 사람이 아니다. 이런 내가 누군가에게 동기를 부여할 수 있는 방법이 있다면, 그건 내 트라우마를 공유하고 그 안에서 누군가를 이해하는 것일지도 모른다는 생각이 들었다.

누군가는 그렇게 생각할 수도 있겠다. "별것도 아니면서, 법석이다." 물론 그 말도 아주 틀린 말은 아니다. 다만 타인에게 이해받지 못하는 아주 사소한 마음이 있는 누군가가 있다거나, 아직도 두려워하고 있는 누군가가 있다면 그들의 마음을 조금은 헤아려 주고 싶다는 생각이다.

지금은 그렇지 않지만 꽤 불행하다 여기며 살았던 시간이 있었다. 하지만 이제는 안다. 그 불행한 과거들이 미래까지 불행하게 만들지는 않는다는 것을. 지금의 나를 괴롭히는 것들이 미래의 나에게 어떤 의미가 될지는 알 수 없다는 사실을, 조금 어린 나이에 수영을 통해서 알게 되었다. 나에게는 그것이 수영이었지만, 이 글을 읽는 누군가에게는 또 다른 어떤 이름일 것이다.

당부하고 싶은 건 딱 하나다. 두렵다고 무서워하지만 말고 그 순간마저 즐겨 보자는 거다. 세상에는 즐겁고 다양한 일이

많다. 정 하기 싫고 두렵다면 안 해도 되지만, 두려움이라는 녀석에 눈이 가려져 할 수 있는 것을 포기하지 말자. 짧다면 짧고 길다면 긴 수영 경력이 이렇게 다그치는 듯하다.

"알지? 이현진! 이게 절대 끝이 아니다. 그러니 자만하지 말고. 나답게만 하자! 나답게!"

꿈은
물에 젖지 않는다

평소에 나는 수영 프로그램을 짜고 아이들과 강습을 하거나 개인 레슨을 한다. 새로운 기획안을 짜고 촬영을 하거나, 그동안 찍어 둔 영상들을 훑어보며 편집에 편집을 거치고 나면 새벽 4~5시가 되는 건 예삿일이다. 수영 강습과 유튜브를 병행하면서 이게 보통의 일과가 되어 버렸다. 하지만 꽤 자주 두려워한다. 이렇게 준비한 영상들에 문제는 없는지, 어렵게 준비한 영상인데 반응이 없으면 어쩔지 궁금하고 늘 걱정이 된다. 하지만 지금까지 단 하루도 허투루 보내지는 않았다. 불완전하고 불안정했을지는 몰라도 꾀를 피우거나 거짓되게 살지는 않았다. 그런 생각이 들자 꾸지 못할 꿈은 없었다. 아직 완성되지 않은 꿈이지만 그것 역시 채워 나가면 그뿐이다 싶었다.

'수영하다' 내게는 잠을 자고 숨을 쉬는 것만큼의 의미를 지니는 말이다. 수영을 하면서 자신이 한없이 초라하게 느껴지기도 했지만, 그만큼 성장해 나갈 수 있었던 것도 사실이니까. 어쩌면 그것이 가능했던 것은 '꿈'이 있었기 때문이 아닐까 싶다.

"Dream come true~!"

이현진은 좀 유별날 정도로 꿈이 많고 근거 없이 자신감이 넘치는 아이 그 자체이다. 살면서 힘들고 두려웠던 순간도 있었지만 그렇다고 주저앉아 펑펑 울고만 있지는 않았다. 빨리 그 순간에서 벗어나고 싶어 몸부림을 친 것이 지금 여기까지 오게 한 것 같다. 아직 골인 지점까지는 절반 이상이 남았지만 숨이 차오르는 것도 사실이다. 과연 골인 지점까지 갈 수 있을지 여부는 물론이거니와, 도착했을 때 어떤 성적을 거둘지 역시 알지 못한다. 다만 지금 확실한 건 깊이를 알 수 없어 두려웠던 물조차도 내 꿈을 젖게 만들거나 망치지는 않았다는 사실이다.

많은 시간을 물과 함께 숨 쉬고 물속에서 꿈을 꾸며 보냈다. 아직 많은 것이 미완에 가깝고 부족하며 이룬 것보다 이루고 싶은 것이 더 많지만, 지금 당장은 크게 외쳐 보고 싶다.

"Dream come true~!"

Lesson 4

수쓸신잡

수영에만 쓸모 있는 신기하고 잡다한 이야기

몸치도 수영을 배우는 데 문제없을까요?

세상 모든 일이 그렇듯 가장 중요한 건 기초인 것 같아요. 초보자들이 궁금해 하는 "수영에서 가장 중요한 게 뭘까요?"라는 질문의 답이 바로 이 기초에 해당하는 '뜨기, 발차기, 호흡' 입니다. '뜨기, 발차기, 호흡'의 삼박자가 맞아야 다음 단계로 넘어갈 수 있어요. 세 가지 중에 하나만 안 돼도 수영이 어려울 수밖에 없어요. 그러니 초보 때는 이 세 가지 기초를 가장 먼저 배워야 합니다.

스스로 몸치라고 생각하며 수영 실력을 어떻게 키우냐고 질문하는 경우가 종종 있어요. 사실 몸치든 아니든 무언가를 배울 때는 '꾸준하게'라는 게 정말 중요한 것 같아요. 하지만 동시에 누구나 하기는 어려운 일이기도 합니다. 그래서 '꾸준하게' 대신 '반복해서' 하라고 말씀 드리고 싶네요. 자신에게 필요하지 않은 동작을 파악한 후, 꼭 필요한 동작을 반복해서 연습하는 겁니다.

간혹 "한 달이나 수영했는데 왜 안 될까요? 제가 몸치라서 그럴까요?"라고 묻는 경우도 있어요. 위로 아닌 위로를 하자면, 몸치가 아니라도 한 달이면 당연히 못하는 게 맞습니다. 한 달을 길게 보는 사람들이 많은데, 실제로 그런지 한번 계산해 볼까요?

보통 1주에 2회 정도 수영을 합니다. 한 달을 4주로 치면 많아 봤자 8~9번 정도 수영하는 거예요. 그중에서도 수영하는 시간을 1시간으로 잡으면, 수영하기 위해 준비하는 시간 등을 빼면 겨우 40여분밖에 되지 않죠. 결과적으로 '한 달 수영'은 '채 열 시간도 되지 않는 것'이니 안 되는 게 당연하다는 얘기입니다.

조급하게 수영을 잘하고자 안달하거나 몸치라서 안 된다고 좌절하지 마세요. 꾸준히 기초를 다지고 필요한 부분을 무한 반복해 연습하는 게 장기적으로 봤을 때 수영을 더 빨리, 더 잘 할 수 있는 비결이에요.

물을 무서워하는 사람도 수영을 배울 수 있나요?

결론부터 말씀드리자면, 당연히 배울 수 있습니다! 이렇게 자신 있게 말할 수 있는 이유는 바로 제가 그 경험자이기 때문이에요. 저도 물 공포증이 있었다고 '물밍아웃' 했잖아요? 그런데 보세요. 저는 지금 수영 즐겁게 잘하고 있거든요.

비결은 '급하게 생각하지 않기'입니다. 물 공포증을 차근차근 극복하겠다고 생각하면서 일단 물과 친밀해지는 시간을 가져 보세요. 수영 자체는 물과 친해진 다음 시작해도 늦지 않아요. 조금씩 물과 함께하는 시간을 늘리면서 물의 감촉, 물 냄새, 수압 등에 익숙해진 후 수영을 배우기 시작하면, 적어도 실내 수영장에서만큼은 수영할 수 있습니다. 물 공포증이 없는 사람들에 비해 약간의 시간과 노력이 더 필요할 뿐이에요.

물에 대한 두려움과 거부감이 있는 상태에서 내 몸을 마음대로 움직일 수 없다는 불안감이 더해졌을 때, 뜻하지 않게 코나 입으로 물이 들어오게 되면 멈추게 됩니다. 물이 두렵다면, 이럴 때를 대비해서 멈추는 방법을 잘 알고 있어야 해요. 수영을 배우는 자체보다 중요한 건 '멈추는 방법'과 '물에서 걸어

나오는 방법'을 인지해 두는 것이라고 생각합니다.

참고로, 시간이 흘러 어느 정도 극복했다고 하더라도 일정 거리에서 습관적으로 멈추는 일이 생길 수 있어요. '난 항상 10m까지는 괜찮았는데 15m부터 물을 먹었어.' 하며 두려움을 느끼면 틀림없이 더 갈 수 있음에도 불구하고 15m에서 물을 먹거나 습관적으로 멈추게 됩니다.

이럴 때는 거리로 생각하지 말고 팔 돌리기 혹은 킥의 개수로 이어 나가 보는 게 좋아요. '팔 돌리기 두 번 더 하고 멈춰야지.', '이번에는 팔 돌리기 네 번 더 하고 멈춰야지.' 이런 식으로요. 이렇게 연습하면 출발 지점에서 멀어진 두려움보다는 수영 영법에 집중해서 거리를 늘려 갈 수 있게 될 겁니다.

물이 무서운 모든 사람들에게, 행운을 빌어요!

수영 장비 고르는 꿀팁 알려 주세요!

수영은 다른 운동에 비해 돈이 안 드는 편이지만, 나름의 '장비빨'은 필요합니다. 그럼 하나씩 알아볼까요!

수영복

수영복을 고를 때는 고려해야 할 사안들이 몇 가지 있어요. 체형, 원단, 디자인 등이 그것인데, 꼼꼼히 따져 보고 본인에게 가장 필요하고 어울리는 것을 고르는 게 중요해요.

먼저, 허리가 긴 체형은 등이 노출되거나 몸이 다 덮이는 수영복을 입으면 안 그래도 긴 허리가 더 길어 보일 수 있어요. 이런 체형의 사람들은 엉덩이가 많이 감싸져 있는 것, 끈이 두꺼운 것을 골라야 허리가 짧아 보이는 효과를 얻을 수 있습니다. 특히 하이컷 수영복을 입으면 다리가 더 많이 노출되기 때문에 허리가 긴 걸 보완해 줄 수 있어요. 만약 등이 노출되는 걸 사고 싶다면 가급적 엉덩이 선이 높은 것을 고르는 게 좋아요.

제 경우는 뒤에서 끈으로 묶는 타이백 디자인을 선호하는

데, 타이백은 조금 큰 걸 사게 되더라도 조이는 만큼 조여지기 때문에 사이즈에서 실패하는 경우가 거의 없어요. 그 외에 뒷목에 지퍼가 있는 워터폴로 수영복은 수구를 할 때 적합한 수영복이에요. 단점은 겨드랑이가 좀 보이고 엉덩이가 많이 가려지지 않는다는 부분이 있겠네요. 반전신 수영복의 경우 디자인이 다양하지 않기 때문에 선택할 때 폭이 좁은 편이라는 것도 감안해야 해요.

두 번째는 원단입니다. 수영복은 민물이든 바닷물이든 한 번 물에 닿으면 삭기 시작하는데, 폴리에스테르(Polyester) 100%인 원단이 입기는 불편하지만 바다에 나가도 잘 삭지 않아요. 반대로 엘라스틴(Elastin) 소재가 섞인 수영복은 금방 상해요. 폴리에스테르 80%에 엘라스틴 20%의 혼방된 정도가 익히 알려진 래쉬가드처럼 쭉쭉 잘 늘어나는 재질이에요.

요새는 수영복도 패션이어서 원단보다 디자인을 보고 사다가 오래 못 입는 경우가 허다합니다. 만약 디자인보다 오래 입는 게 중요하다면 경험에 의거해 폴리에스테르 100%를 추천할게요. 제가 가진 폴리에스테르 100% 수영복 중에는 6년을 입은 것도 있거든요.

한 마디로 정리하자면, 잘 늘어나서 입기 편한 건 그만큼 빨리 삭고 입을 때 쫀쫀해서 불편한 건 그만큼 오래 간다는

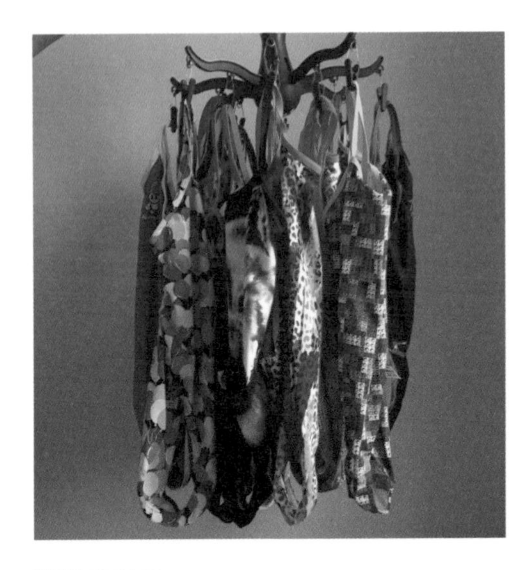

꼼꼼히 따져 보고
본인에게 가장 필요하고
어울리는 것을 고르는 게
중요해요.

겁니다.

세 번째는 디자인인데, 패턴과 솔리드는 취향에 따라 고르면 됩니다. 다만 솔리드를 입을 때는 가슴 부분에 캡을 해야 하는 경우가 있습니다. 솔리드는 말 그대로 패턴이 없는 단색 디자인이기 때문에 가슴이 도드라져 보일 수 있어요. 그러나 패턴 같은 경우는 화려하고 다양한 디자인이 있기 때문에 캡을 하지 않아도 편하게 입을 수 있어요. 뭐, 딱히 그런 걸 신경 쓰지 않는다면 아무거나 편하게 입어도 노 프라블럼!

컬러에 관한 팁도 하나 드리자면 물속에 들어갔을 때 가장 예쁘게 보이는 건 형광색이에요. 물 밖에서 봤을 때 "야, 너무 과하다!" 할 법한 수영복이 있다? 바로 그걸 고르면 돼요! 만약 튀지 않으려고 심플하고 시크한 느낌의 수영복을 찾는다면 네이비, 검정색, 혹은 단색의 수영복들을 추천할게요.

수경

우리의 눈을 위한 필수템인 수경은 패킹과 노패킹 두 가지로 나뉩니다. 뭘 사용하는지는 크게 중요하지 않아요. 그런데 만약 수영을 하다가 다른 사람 팔에 맞았을 때, 노패킹 수경은 정말 아파요! 패킹이 있는 건 충격을 완화해 주기 때문에 조금 낫습니다. 예전에는 패킹은 연습용, 노패킹은 시합용이라는 말도 있었는데 요새는 딱히 그런 구분이 없어요.

만약 수영할 때 수경이 자꾸 벗겨진다면 수경이 헐거워서 그런 경우가 80%, 코걸이가 맞지 않는 경우가 10%, 나머지 10%는 끈의 위치가 잘못되어서입니다. 스타트할 때 자꾸 벗겨진다면 수경이 헐거운 것 외에도 입수 각이 안 맞다거나 눈을 너무 꼭 감아서 그런 경우가 있어요. 눈을 너무 꼭 감으면 코 사이가 들뜨기 때문에 쉽게 벗겨집니다.

수경은 디자인이나 패킹도 중요하지만, 가장 중요한 건 렌즈 색깔입니다. 렌즈는 여러 가지 색깔과 어두운 것, 밝은 것 등 종류가 많습니다. 헌데 렌즈의 색깔로 인해 어지럽거나 굴곡이 져 보일 수 있어요. 저 같은 경우는 파랑색이 살짝 섞인 보라색이 그런데, 사람마다 울렁거린다고 느끼는 색깔이 다르기 때문에 렌즈를 잘 골라야 해요. 수경은 미리 써 볼 수 없으므로 잘 물어보고 사세요.

수모

매너의 기본, 수모는 재질에 따라 여러 종류로 나뉩니다.

메시(Mesh) 재질의 수모는 물이 잘 통과하고 잘 배출됩니다. 그만큼 운동하다 보면 금방 피어오르는 열기를 빨리 배출해 줄 수 있어 좋아요. 대신 물 때문에 머리칼은 쉽게 상할 수

있다는 단점이 있습니다.

반대로 실리콘(Silicon) 재질의 수모는 머리칼은 보호해 주지만 열 배출이 메시 소재보다 덜하기 때문에 운동을 하다 보면 얼굴이 금방 뜨거워지는 편이에요. 특히 실리콘 수모는 선이 수모 밖에 있는 것과 안에 있는 것으로 나뉘는데, 선이 바깥에 나와 있는 수모는 잘 밀려 올라가기 때문에 쉽게 벗겨집니다. 선이 안에 있는 수모는 그나마 조금 더 잘 버티긴 하지만, 계속 매만져 줘야 한다는 불편함이 있는 건 마찬가지입니다.

또 스판덱스(Spandex) 소재도 괜찮긴 한데 아무래도 스판이 들어가 있기 때문에 메시 수모에 비해 쫙쫙 잘 늘어나요.

개인적으로는 염색을 자주 하는 사람은 실리콘 수모가 제일 낫고, 장거리 훈련을 많이 하는 사람이라면 열 배출을 잘 시켜 줄 수 있는 메시캡이 좋다고 생각해요.

맞다! 외국은 실리콘 수모에도 M, L처럼 사이즈가 나누어져 있는데 한국은 프리 사이즈잖아요? 하지만 메시캡은 사이즈가 있다는 사실~! 자신에게 잘 맞는 사이즈를 골라서 구매하세요.

오리발

오리발은 길이에 따라 롱(Long)핀과 숏(Short)핀 두 가지가 있어요. 오리발을 쓰는 이유는 추진력을 얻기 위함이 가장 큰데, 그럼에도 불구하고 저는 초보자에게 숏핀을 쓰길 권합니다. 트레이닝 핀이라는 이름을 갖고 있는 숏핀을 추천하는 이유는, 오리발로 시합에 나갈 게 아니라면 결국은 맨발로 수영을 해야 하는 데 있어요. 맨발과의 갭이 그나마 적은 짧은 길이의 오리발을 권유하는 거죠. 또 어딘가에 부딪칠 경우 롱핀이 상대적으로 더 많이 다치기도 하고, 끌고 오는 데 저항력이 너무 커서 사이드 턴을 할 수가 없다는 이유도 있어요.

만약 롱핀을 사야 한다면 아주 부드러운 마레스 클리퍼로 시작하길 추천해 드려요. 오리발을 오래 사용했고 다리도 튼튼하다면 마레스 아반티 엑셀 같은 걸 사용해도 괜찮고요

오리발은 길이 외에도 경도에 따라서 하드한 타입과 소프트한 타입으로 나뉘기도 합니다. 만약 한 번도 다친 적이 없는 건강한 발목을 가졌다면 하드한 타입을 신어도 괜찮아요. 하지만 하드한 타입은 딱딱한 나무판을 발에 붙이고 휘젓는 것과 비슷해요. "저는 왜 오리발만 신으면 자꾸 쥐가 나죠?" 하고 묻는다면 자신에게 맞지 않는 타입을 사용하고 있기 때문인 경우가 대부분이라고 말하고 싶어요. 물을 누를 때 발끝까

지 많은 힘이 들어가게 되는데, 많은 양의 물을 준비되지 않은 근력으로 누르려고 하면 쥐가 나기 쉽습니다. 자꾸 쥐가 난다면 오리발을 소프트한 타입으로 바꿔 보세요! “오리발은 결국 하드한 타입을 쓰게 된대.”라는 말만 믿고 처음부터 하드한 타입을 고르는 사람들도 있는데, 초보라면 소프트한 타입에서 시작하여 점차 바꿔 나가길 추천합니다.

오리발을 살 때 사이즈는 신발 사이즈보다 양말 사이즈를 생각하고 사는 걸 추천해요. 어쩔 수 없이 큰 걸 샀다면 양말을 신는다거나 핀 서포터를 사용하면 됩니다. 하지만 만약 작은 걸 샀다면, 안타깝지만 답이 없습니다. 수영 카페에서 교환하거나 중고나라로 가는 수박에요.

귀마개를 하는 게
귀 건강에 더 좋을까요?

결론부터 말씀드리자면, 질병이 있는 경우가 아니라면 전적으로 개인의 선택에 달린 부분입니다. 하지만 제 개인적인 의견을 묻는다면 '굳이 쓸 필요는 없다'는 주의에요.

사실 귀는 최대한 건드리지 않는 게 좋다는 얘기 많이 듣잖아요. 일상생활에서도 귀를 막았다가 떼길 반복하면 자극이 갑니다. 수영을 하면서 귀마개를 쓰는 건 더욱더 그래요. 강사님이 말하는 걸 잘 못 알아들을 때도 있고, 그 말을 듣기 위해 자꾸 꼈다 뺐다 반복하면 더 안 좋아질 수도 있거든요.

중이염 등의 질병이 있는 사람이라면 귀마개를 하고 수모도 귀까지 내려 최대한 덮어 주는 게 좋겠죠. 하지만 그런 경우가 아니라 예방 차원이나 단순히 귀 안으로 물이 들어오는 게 싫을 경우는 자신의 의지대로 사용 여부를 결정하면 돼요.

만약 귀 안에 물이 잘 빠지지 않아 그런 거라면, 물이 들어갔을 때 귀를 아래쪽으로 향하게 한 뒤 두 발로 콩콩 뛰어 보세요. 혹은 샤워 후 선선한 바람으로 귀를 말려 주면 자연스럽

게 물이 빠지기도 한답니다. 하지만 모든 방법을 다 써도 잘 빠지지 않는다면, 닦아내려고 면봉 등을 사용하기보다는 병원에 가시길 추천합니다.

수영복을 입는 게 부담스러워요

수영은 종목의 특성상 몸의 최소 부위만 가리는 의상인 수영복을 착용합니다. 이게 이름은 수영'복'이지만 사실 가려지는 부분이 속옷과 동일하다 보니 처음 할 때는 누구나 부담스러워 할 수 있어요.

수영을 배우고 싶은데 신체가 노출되는 것 때문에 꺼려진다면 처음엔 몸을 가릴 수 있는 긴 팔, 긴 바지나 래쉬가드 같은 걸 입으세요. 처음엔 잘 모를 수 있지만, 점차 수영을 배워나가다 보면 그게 굉장히 거추장스럽다는 걸 알게 될 거예요. 사람들이 왜 최소 부위만 가리는 옷을 입고 수영을 하는지 깨닫게 되는 순간부터 하나씩 덜어 내면 됩니다.

만약 래쉬가드는 불편하고 삼각 수영복은 너무나 부담된다면 5부나 7부, 혹은 전신 수영복도 있으니 수영복 자체에 너무 스트레스 받지 마세요. 처음엔 어색한 게 당연해요. 가리고 싶은 만큼 가리세요. '이런 걸 입으면 다른 사람들이 이상하게 생각하지 않을까?' 그런 고민도 할 필요 없습니다. 누구든, 어디서든, 어떤 수영복을 입어야 한다고 정해진 건 아니니까요.

단, 수영장에 따라 수영복만 입어야 한다는 곳이 있기도 하고, 슈트 착용이 안 된다고 하는 곳도 종종 있으니 미리 문의를 해 보면 좋겠죠?

또 한 가지 더 말씀드리자면, 수영복도 다른 옷들과 마찬가지로 개성입니다. '초보는 이런 거 입으면 안 되는 거 아닌가?' 같은 걱정은 할 필요 없어요. 상급자라도 몸을 가리고 싶으면 가려지는 수영복을 입는 거고, 초급자여도 화려한 것이 좋으면 취향에 맞는 화려한 수영복을 입으면 됩니다. 그냥 입고 싶은 걸 편하게 입으라고 하고 싶네요.

자꾸 코에 물이 들어가서 턴 하는 게 무서워요

코로 물을 먹으면 진짜 너무 아파요. 생와사비를 코에 막 밀어 넣는 느낌이랄까? 그래서 초보들이 턴을 배울 때 가장 무서워하는 게 바로 코로 물이 들어가는 거라는 걸 충분히 이해할 수 있어요. 만약 그 아픈 감각이 너무 두렵다면 미리 코마개를 준비하세요. 처음에는 코에서 숨을 뱉어 내는 것, 반듯하고 속도감 있게 앞구르기 하는 것이 잘 되지 않아 코로 물을 많이 먹거든요. 마음처럼 숨이 빨리 안 불어지는 경우, 앞구르기를 하다가 다시 백(Back) 되는 경우, 앞구르기 하는 시간이 너무 오래 걸리는 바람에 숨이 모자라는 경우 등 여러 가지 요인이 있어요.

이런 고민이 있는 사람들에게 코마개는 매우 고마운 도구가 됩니다. 생각보다 코에 물이 안 들어가서 공포감을 조금이나마 덜 수 있고, 동작을 익히는 속도도 높여 줍니다. 속도감 있게 앞으로 도는 연습을 한 다음, 빠르게 도는 동작에 익숙해지면 그 다음에 코로 숨을 뱉으며 턴하는 연습을 하면 됩니다. 빠르게 도는 습관이 들면 오랫동안 호흡을 뱉지 않아도, 혹은

호흡이 모자랄 만큼 시간을 오래 끌지 않아도 돼요.

이후 숙달이 되었다고 느껴서 코마개를 빼고 시도하면 갑자기 잘 안 되는 경우가 있을 수 있어요. 그러나 이미 코마개를 착용하고 충분히 앞구르기를 연습한 이후이기 때문에 코로 물이 들어가지 않게 하는 요령만 익히면 괜찮아요. 입을 다물고 허밍하듯이 "음~~~" 하고 소리를 내뱉으면 코에 물이 들어가는 것을 막을 수 있어요.

정리하자면 코마개를 준비해서 턴을 하고, 만약 턴을 하는 게 무섭다면 소리를 내면서 돌고, 숙달이 되면 바람을 빼는 세 단계인 거예요. 그리고 무엇보다 중요한 건, '할 수 있다'고 생각하는 마음가짐이겠죠?

물 먹을 때마다 평정심 유지가 안 돼요

한 가지 위로가 될 만한 사실을 알려드리자면, 저도 아직까지 가끔 물을 먹어요. 얼마 전 백돌핀킥(뒤로 출발해 돌핀킥을 하는 것)을 지도할 때였어요. "여러분, 제가 백돌핀킥을 할 테니까 보세요." 하고 물속에 들어갔는데, 들어가면서 숨을 적게 마시는 바람에 처음부터 물을 먹은 거예요. 그때라도 나와서 숨을 고르고 다시 출발했으면 됐을 텐데 '그냥 가지, 뭐.' 하면서 아무렇지 않게 출발했어요. 그리고 숨을 뱉다가 알았죠. '아, 숨 모자라다. 어떡하지?' 하고. 그런데도 물 먹으면서 돌았어요. 솔직히 티가 안 났다고 생각했는데 물 밖으로 나와서 멈춰서니 코에서 물이 막 주룩주룩 나오는 거예요… 너무 민망하더라구요.

가끔 초보자들은 물을 먹으면 완전히 패닉 상태가 되는 경우가 있어요. 심지어 물 먹고 사레라도 들리게 되면 정말 위험하죠. 사레가 들려 기침은 나오는데, 숨 좀 고르려고 들이마시면 또 기침이 나오는 상황이 반복되는 거예요. 결국 기침 때문에 숨을 못 쉬는 상황이 오기도 합니다. 심지어 그런 상황이

물속에서 발생하는 거예요.

이럴 땐 일단 멈추고 반드시 벽 근처로 바로 나와서 휴식을 취해야 합니다. 그리고 이렇게 생각하는 거예요. '수영장이니까 물 먹을 수도 있지.' 이런 방향으로 생각하다 보면 물 먹는 것 때문에 수영에서 멀어진다거나, 다음에 같은 상황이 왔을 때 덜 당황하고 의연하게 대처할 수 있을 거예요.

참고로 한 가지 더 얘기하자면, 수영장 물을 먹는 게 찝찝하죠? 수영을 하다 보면 어쩔 수 없이 물을 먹는 경우가 생기는데, 계속 찝찝하다고만 생각하기보다는 이것 역시 '그럴 수도 있지.'라고 생각하는 게 낫지 않을까요?

'수영장이니까 물 먹을 수도 있지.'
이런 방향으로 생각하다 보면
같은 상황이 왔을 때 덜 당황하고
의연하게 대처할 수 있을 거예요.

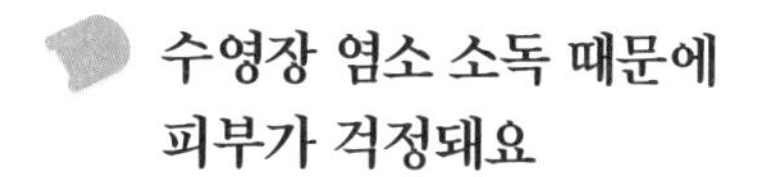

수영장 염소 소독 때문에 피부가 걱정돼요

수영장 물은 하루에 한 번씩 교체할 수가 없기 때문에 약품 처리를 할 수밖에 없어요. 크게 해수풀과 염소풀로 나뉘게 됩니다. 해수풀은 아예 약품이 들어가지 않는 것은 아니나 그 비율이 상대적으로 낮아 물이 약간 뿌옇게 느껴질 수 있고, 초록빛을 띠며, 짠맛이 나요. 염소풀은 좀 더 깨끗한 시야와 푸른빛의 물을 볼 수 있습니다. 자신의 피부가 염소에 예민하게 반응한다 싶을 때는 약품 처리가 상대적으로 적은 해수풀을 찾아가는 것도 하나의 방법일 수 있어요. 하지만 염소풀의 경우라 할지라도, 몸에 해가 갈 정도로 염소를 넣는다면 수영장을 운영하지 못할 거예요.

외국은 워낙 약품 처리를 많이 하기 때문에 염소 제거 전용 제품들이 예전부터 있었어요. 최근에는 우리나라에도 염소 제거 샴푸나 바디클렌저가 나와서 쉽게 구매할 수 있게 되었습니다. 저는 피부가 예민하지 않고 그 약품 냄새가 좋아서 염소 제거 제품들을 많이 써보지 않은 터라 잘은 몰라요. 하지만 주변인들에게 들어본 결과 많이 완화시켜 준다고 하더라고요. 피부가 정말 예민하다면 염소 제거에 효과가 있는 제품도 함께 써 보세요.

일반적인 용품들보다는 약품 제거가 잘 된다고 하지만 그래도 물 자체가 수분을 빨리 빼앗아 가기 때문에, 샤워 후 보습을 정말 잘해줘야 합니다. 중요한 건, 피부만큼이나 머리카락에도 수분을 잘 채워 줘야 한다는 거예요. 선수 시절에는 수모가 미끄러지는 것이 싫어서 머리카락에 오일이나 로션 등을 바르지 않았어요. 하지만 머릿결은 한번 상하면 돌아오지 않기 때문에, 이제는 린스를 쓰듯이 트리트먼트를 쓰고 모발 수분로션, 오일 등을 사용해서 최대한 상하지 않게 많이 관리하는 편이에요.

힘 빼기의 기술을 알려 주세요

이건 사실 사람들이 받아들이는 것에 따라 달라질 수 있어요. 저의 경우는 강습 도중 힘을 빼라고 해야 한다면 "힘 빼세요!"라고만 말하는 게 아니라 상상할 수 있는 어떠한 것들을 던져 주는 편입니다. "나는 한지다, 나는 낙엽이다, 나는 동실동실 풍선 같이 떠 있어." 이렇게 옆에서 말을 걸면서, 눈을 감고 상상하게 하죠. 한지, 낙엽 등등 가볍게 수면에 동동 떠 있는 이미지 트레이닝을 시킨 후 과정을 알려 주려고 하는 거예요. 그래도 안 뜨는 사람들에겐 원리를 설명해 드려요. 방법을 몰라서 그렇지, 사람이 물에 들어가면 안 뜰 수가 없거든요.

그런데 사실 힘을 뺀다는 게 어려운 건 맞아요. 최근에 새로 배운 취미 중 가장 재미있는 건 골프인데, 골프와 수영은 다르면서도 비슷해요. 특히, 힘을 빼야 하는 부분이 가장 비슷하죠. 저도 힘 빼기를 잘하지 못해서 선생님께 자꾸 힘을 빼라는 말을 들어요. 수영장에선 내가 힘 빼라고 말하는 입장이었는데… 그래서인지 자세를 잡다 보면 자꾸만 실소가 나요. 그러다 이렇게 말합니다. "그런데 선생님, 힘을 빼는 게 이렇게 어려운 건 줄 몰랐어요. 저 오늘도 수영장에서 강습생들한테 힘 빼라고 말하고 왔는데, 생각처럼 힘이 잘 안 빠지네요."
힘을 줄 때 주고 뺄 때 빼야 하는데, 자꾸 반대로만 하게 되는 거예요. 몸이 생각대로 움직이지 않는 거죠. 그제야 수영을 막 시작한 사람들의 마음을 이해하게 되었어요.

최근 레슨하고 있는 강습생 중 트레이너가 있는데, 유난히 안 뜨는 타입이었지만 4주 만에 드디어 물에 뜨고 킥을 차며 나아가기 시작했어요. 이렇게 근육량이 많은 사람들도 오래 걸리긴 하지만 결국 하면 됩니다.

'왜 나만 힘 빼는 게 이렇게 어려울까.'라며 고민하고 있다면, 이런 케이스들을 보며 좀 더 즐겁게 수영할 수 있는 동기를 부여받았으면 좋겠어요!

정원이 꽉 찬 수업, 제대로 배울 수 있을까요?

수영을 처음 배우는 거라면 소수로 배우는 게 제일 좋아요. 제가 생각하는 소수는 8명 이내의 규모입니다. 하지만 정원이 찼거나 이미 넘었다고 하더라도, 결석하지 않고 수업 종료 후 자유 수영을 통해 충분히 연습을 한다면 크게 걱정하지 않아도 될 것 같아요.

정원 이야기가 나와서 말인데, 제가 일했던 한 수영장은 강습 인원의 정원을 책정하는 방식이 꽤 기억에 남아요. 한 사람이 떠 있는 길이를 2.5m로 보고 25m는 10명, 50m는 20명을 정원으로 뒀었거든요. 그럼에도 불구하고 사람이 많게 느껴져서 수업할 때 한 레인 더 배정되면 좋겠다는 생각을 했었어요. 하지만 어떤 곳들은 50m의 정원이 20명 이상인 곳도 많다고 해서 굉장히 놀랐던 적이 있네요.

언급하기 조금 조심스럽지만, 앞에서 얘기한 정원을 넘어섰다면 저의 경우 반을 옮기는 걸 고려해 봤을 것 같네요. 하지만 강습생들 중에는 수영을 배우는 것 외 반 사람들과 함께 수영하는 자체를 즐기는 사람도 있어요. 이것 또한 수영을 계속 해 나가는 동기 중 하나가 될 수 있기 때문에 자신이 지금 어디에 목적을 두고 있는지 잘 생각해 보면 좋을 것 같아요.

'운동이 좀 덜 되어도 괜찮아. 이 사람들과 혹은 이 선생님과 재밌고 즐겁게 운동하고 싶어. 선생님의 피드백이 충분해.' 라고 생각하는 경우와 '나는 운동이 더 됐으면 좋겠어. 지금은 사람이 너무 많아서 나한테 집중하는 시간이 적은 것 같아.'의 두 가지 경우 중 자신은 어떤 생각에 더 가까운가요? 답은 본인만 알 수 있을 거예요.

50m vs 25m 수영장, 어디가 좋을까요?

정식 규격이 50m이다 보니, 둘 중에 고르라면 50m 풀에서 하는 게 제일 좋긴 합니다. 하지만 각각의 장단점도 분명히 존재합니다.

먼저 앞서 말한 것처럼 50m는 정 규격이기 때문에 시합에 대비하고자 한다면 정말 좋은 환경이에요. 반면에 25m는 짧긴 해도 그만큼 턴을 더 많이 할 수 있어요. 같은 기록이라도 턴을 잘한다면 50m 기록 자체는 좀 더 빨라질 확률이 높아요. 그리고 많지는 않지만 종종 25m의 숏코스 시합도 있답니다.

"둘 중에 이 규격이 더 장점이 많으니까 여기서만 해야 해!"라고 정해진 건 없어요. 하지만 처음 수영을 배우러 간 수영장이 50m 규격에 출발대(Starting Block)도 갖춘 곳이라면 정말 복 받은 거라 할 수는 있겠네요!

한 마디 덧붙이자면, 수심도 중요하게 보는 게 좋습니다. 보통은 1.3~2m지만 아주 가끔 다이빙이 가능한 5m 풀에서 수영 수업이 진행되는 곳도 있습니다. 역시 이것도 장단점이 있어요. 하지만 아주 초급이고 물 공포증이 있다면 1.3m 정도의 수심과 25m 길이 정도의 수영장에서 배우기를 권할게요.

50m는 정 규격이기 때문에
시합에 대비하고자 한다면
정말 좋은 환경이에요.

아직도 초보 같은 제가 중급반에 있어도 되는 걸까요?

반 배치의 경우 강사님 말씀에 따르는 게 가장 좋다고 생각해요. 자신의 실력을 스스로 판단하기엔 애매한 부분이 있거든요. 만약 자신의 실력을 정확하게 파악하고 있다면, '아, 높은 반으로 올라가긴 해야 할 것 같은데 왠지 더 힘들 것 같아.' 혹은 '나 정말 아무것도 모르겠는데 올라가라고?' 두 가지 경우 중 하나 때문에 고민 중일 거예요. 전자라면 올라가는 게 맞고, 후자라면 머무르는 게 맞겠죠. 하지만 이걸 본인이 판단하기는 다소 어려울 수 있습니다. 자신이 보기엔 실력이 부족한 것 같아도, 강사님이 봤을 때 올라가도 충분한 경우가 있을 수 있어요.

스스로는 초보 같다고 했지만 지금 물속에서 뜰 수 있고, 발차기 할 수 있고, 나아갈 수 있잖아요. 그 자체로 이미 수영을 배우지 않은 사람들보다 잘하고 있는 거예요. 물론 목표에 아주 부합할 정도로 판타스틱 하진 않겠지만, 자신감을 가지고 '앞으로 나는 이렇게 할 거야!' 하면서 운동하면 어떨까요? '초보 같은 제가…'라는 말부터 벗어 던지고 말이에요. 중급으로 올라갔다면 '내 실력은 중급이야!'라고 생각해 보면 더 좋을 것 같네요.

모든 영법을 단기간에 다 잘할 순 없어요. 요가로 치면 '수련한다'고 표현하는데, 수영 역시 익히고 체화되는데 걸리는 시간이 결코 짧지 않습니다. 몸으로 하는 건 대부분 다 그런 것 같아요. 스스로에게 기간을 주고 여유 있지만 집중도 있게 수영을 배웠으면 좋겠어요. 자신감 충전하기 잊지 말구요!

수영이 끝난 늦은 밤이면 야식이 그리워요

너무너무 먹고 싶다면 드세요! 어떤 것이든 억지로 참는 것만큼 안 좋은 것도 없다고 생각해요. 하지만 저녁 수영이 끝나고 매우 늦은 시간이라면 위 건강을 위해서 조금은 참아 보는 것도 좋을 것 같아요.

수영은 정말 고칼로리 소모 운동이에요. 유산소 운동이라고는 하나 지금 막 영법을 배우는 초/중/상 정도의 레벨에서는 유산소와 무산소가 함께 이뤄지고 있다고 해도 과언이 아닐 정도로 고강도 운동이랍니다. 그럼에도 물에서 하니 부상의 위험은 적어 아주 좋은 운동이기도 하죠.

예전 제 강습생 중에 초급 3개월 동안 무려 8kg을 감량하고 엄청 좋아했던 사람이 있었던 기억이 나네요. 고강도 운동이라고 강조하는 건 적어도 이만큼은 된다는 뜻입니다.

다이어트를 생각한다면, 또는 수영을 늦은 시간대에 한다면 수영 전에 밥을 먹고 소화시킨 후 수영하는 걸 적극 추천합니다. 가능하다면 수영이 끝난 뒤에는 조금 참아 보도록 해요!

수태기 극복법이 궁금해요

저 역시 수영 선수 때 수태기를 겪어 본 적이 있어요. 그 당시의 저는 스스로 느끼기에도 마치 수영을 위해 태어난 기계 같았거든요. 모든 것이 수영에 맞춰져 있는 삶. 물론 선수라면 당연하지만 사춘기 때는 그게 정말 힘들더라고요.

'새벽 지상 운동 → 새벽 수영 → 학교 → 지상 운동 → 오후 훈련 → 학원' 이런 패턴이었어요. 이게 365일 반복된다고 생각해 보세요. 심지어 전지훈련 동안에는 스케줄이 더 빡빡해지기 때문에 아예 물속에 사는 기분이랄까, 아니면 밥 먹으러 물에서 나가는 기분이랄까, 그런 생각들을 했던 것 같아요.

"수영이 안 늘고 재미도 없는데 계속해야 할까요?"라는 고민이 들 땐, 일단 계속 하라고 이야기하는 편입니다. 그리고 달성하기 쉬운 작은 목표를 만들어 보라고 조언을 드려요. 거기에서 연속된 작은 성취감을 느끼다 보면 '노잼 시기'도 지나간다고 말해요. 권태기가 온 연인이라고 해서 무조건 헤어지는 게 답은 아닌 것과 비슷해요.

하지만 수태기 때문에 스트레스를 많이 받는다면, 사실 그렇게까지 무리해서 수영할 필요는 없다고 봐요. 선수들도 슬럼프가 오면 쉬거든요. 잘 안 되는 것에 너무 매달리며 스트레스 받을 바에야 조금 쉬면서 다시 수영하고 싶은 마음이 들기를 기다려 보는 게 더 좋다고 생각합니다. 그러니 지금 너무 힘들고 수영의 매력이 안 느껴진다면 그냥 쉬면서 수영과 떨어져 지내보세요.

한 달쯤 지나면 몸이 근질거리고, 길을 걷다가 문득 수영복 가게를 발견하기도 하고, 친구가 수영을 배운다는 말을 듣는 등 우연인 듯 아닌 듯한 일들을 겪게 될 겁니다. 그러다 보면 '다시 수영해 볼까?'라는 생각이 들 거예요.

지금 수영을 그만두면 평생 안 하게 될 것 같지만 어떤 운동이든 한번 몸에 익히고 나면 다시 돌아가게 되어 있어요. 수영은 항상 그 자리에서 여러분을 기다리고 있을 겁니다.

지상 운동도 수영할 때 도움이 되나요?

어떤 영법이든 지상 운동은 매우 많은 도움이 돼요. 이렇게 말하면 '헬스장을 끊어야 하나?' 하고 생각할 수도 있어요. 지상 운동이라고 꼭 헬스장에서 체계적인 무언가를 해야 하는 건 아니에요. 별것 아닌 것 같겠지만, 거울 보고 팔 돌리기 연습만 해도 수영할 때 엄청난 도움을 받을 수 있답니다.

사람들은 수영이니까 물속에서만 해야 한다고 생각하는 경우가 많은 것 같아요. 하지만 물속에는 저항과 부력이 있어서 내 몸이지만 내 마음대로 움직이지 않는 경우가 허다해요. 그래서 자주 하는 말! "물 밖에서 200%가 되면 물속에서 80%는 됩니다."

다리가 땅에 닿은 상태에서도 100%가 안 된다면 다리가 땅에 닿지 않는 물속에서는 당연히 안 될 수밖에 없어요. 겁을 먹거나 안전하지 않다는 생각이 들면 바로 몸이 경직되고, 그러면 에너지 소모가 커져서 진이 빠지니까 힘들어요. 지상 운동이 꼭 필요한 이유예요.

이렇게 설명을 드리면 가끔 이런 답변이 되돌아오곤 합니다. "지상 운동 할 시간이 없어요." 무슨 말씀! 아침에 양치하고 거울 보면서 팔 돌리기 20번만 해 보세요. 그 20번이 쌓이고 쌓여 한 달이면 무려 600번이 됩니다. 그것이 온전히 누적되어 고스란히 수영에 적용될 수 있답니다. 아, 집에 거울이 없다고 할 수도 있는데, 그러면 창을 거울 대신 이용하거나 핸드폰의 카메라를 켜서 정면, 측면을 20번씩 연습하면 아주 많은 도움이 될 거예요.

물 밖에서 200%가 되면
물속에서 80%는 됩니다.

수영 대회를 준비하는 팁 좀 알려 주세요

'프로그램 주기화'라는 게 있어요. 만약 지금이 8월인데 시합이 12월이라고 합시다. 그럼 남은 4개월 동안 어떻게 훈련할 것인지 체계적으로 프로그램을 짜는 거예요. 미리 짜 놓은 프로그램은 상황에 따라서 변할 수 있는 거지만 그래도 목표를 정하고 큰 틀로 프로그램을 계획해 두면 큰 도움이 돼요.

사실 훈련은 생각만 해도 힘들잖아요. 사람들은 항상 '수영' 하나만 두고 이야기하지만, 자신이 하고 있는 게 수영 연습, 수영 운동, 수영 훈련 중 무엇에 더 가까운지 봐야 해요. 이 세 가지는 비슷하지만 미묘한 차이가 있어요.

연습은 영법 등을 배우는 단계라고 생각하면 되고, 운동은 죽을 만큼 하기보다는 그저 내 몸을 움직이는 것에 중심을 두는 단계, 그리고 훈련은 내 몸을 불태우는 단계예요. 지금 수영 '연습'을 하고 있다면 시합에 못 나갈 건 아니지만 힘든 프로그램을 소화하기가 쉽지는 않을 거예요.

훈련을 하는 사람들도 '내가 지금 뭘 위해 이렇게 하고 있나' 싶은 생각이 들 때가 많아요. 마스터즈 훈련반의 경우 기본 운동량이 2,500m이며, 많으면 3,000m 이상 올라가게 됩니다. 게다가 매 세트 사이클이 타이트하기 때문에 평소에 생활 체육을 했던 사람이라도 체력적으로 부담을 느낄 수 있어요.

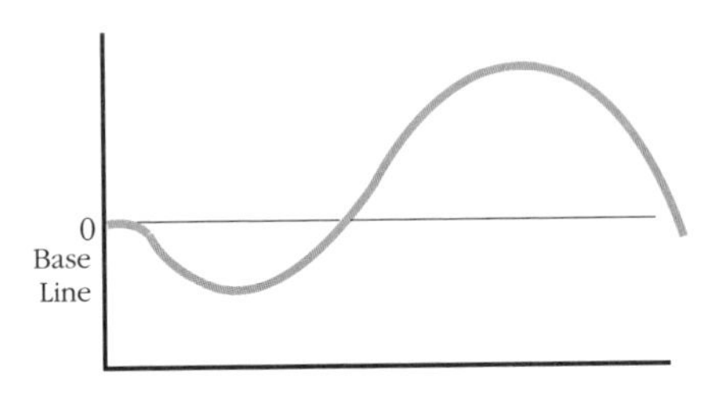

그래프 내의 Base Line은 보통의 컨디션일 때를 말합니다. BL 밑으로 내려간 것은 강도 높은 훈련 직후에 몸의 컨디션이 떨어지고 면역력 또한 약해진 상태라고 생각하면 돼요. 면역력이 떨어져 감기에 걸릴 확률도 높아지기 때문에 운동 후 항상 머리를 잘 말려야 합니다. 그러면 이쯤에서, 건강하려고 하는 운동 때문에 면역력이 떨어진다니, 계속 하는 게 맞는지 의문이 들겠죠?

우리 몸은 정말 똑똑하고 적응이 빠릅니다. 어떤 자극을 받으면 다음에 같은 강도의 자극을 받았을 때 이겨낼 수 있도록 몸을 회복시키게 되죠. 당장 운동을 한 직후에는 컨디션이 떨어지지만 운동 후 48시간 이내에 휴식과 영양 보충이 잘 이루

어진다면 긍정적인 초회복이 이루어집니다. 충분한 숙면, 영양학적으로 균형잡힌 식사, 비타민 섭취 등이 대표적이라고 할 수 있겠네요. 이렇게 관리해 나간다면 몸이 점점 적응을 하며 BL 밑으로 내려가는 일이 점차 줄어들게 됩니다.

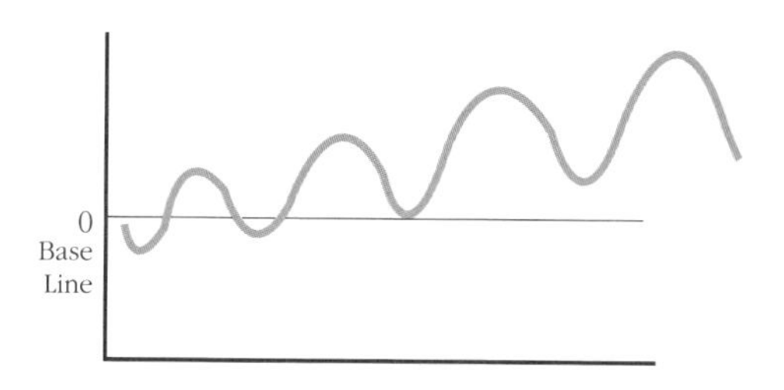

48시간을 기반으로 자극과 회복을 반복함으로써 훈련을 견딜 수 있는 몸 상태를 만들어 나가면, 점진적으로 훈련을 수행할 수 있는 능력도 올라가게 되겠죠? 프로그램을 만들 때는 이런 부분들을 잘 고려해야 합니다.

물론 처음 훈련을 시작하게 되면 많이 힘들 거예요. 이런 것들을 꼭 알고 훈련을 하면 좋을 것 같아요.

그 외에는 팀원들끼리 수모, 수영복을 같이 맞추면서 긴장을 풀고 소속감도 높이면 더 좋겠죠?

SWIMMERS

Thanks to,
사랑하는 엄마, 아빠!
허정 선생님! 수달님들~
고맙고 사랑합니다.

로망으로 남기지 마, 수영!

1판 1쇄 인쇄 2020년 04월 21일
1판 1쇄 발행 2020년 05월 01일

지은이 이현진
펴낸이 안종남

펴낸 곳 지식인하우스
출판등록 2011년 3월 31일 제 2011-000058호
주소 04035 서울시 마포구 양화로7길 55(서교동) 신양빌딩 201호
전화 02)6082-1070
팩스 02)6082-1035
전자우편 book@jsinbook.com
블로그 blog.naver.com/jsinbook
페이스북 facebook.com/jsinbook
인스타그램 @jsinbook

ISBN 979-11-90807-00-5 03810